古今实用对联集萃

刘太品　编著

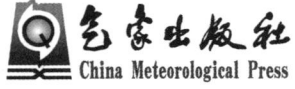

内 容 简 介

对联是中国传统文化的瑰宝，它以文辞讲究、音调和谐、题材广泛、风格多样、内容简练、意境深远等特点，成为与人们生活联系密切的文化载体。本书分为对联知识、节令对联、庆贺对联、宅第对联、行业对联 5 个部分，根据时代特色对内容进行合理编排，精选传统对联及新创对联 3800 余副，其中包含 400 余副全国征联活动中的优秀作品，以及 400 余副姓氏联，涵盖了 270 多个姓氏。

全书在内容分类上突出"全"，作品选取上突出"精"，生活结合上突出"新"。本书注重知识性、实用性、趣味性，适合对联爱好者、书画爱好者及传统文化爱好者阅读参考。

图书在版编目（CIP）数据

古今实用对联集萃 / 刘太品编著. -- 北京：气象出版社，2021.8
ISBN 978-7-5029-7529-6

Ⅰ．①古… Ⅱ．①刘… Ⅲ．①对联—作品集—中国 Ⅳ．①I269

中国版本图书馆CIP数据核字(2021)第162388号

古今实用对联集萃
GUJIN SHIYONG DUILIAN JICUI

刘太品　编著

出版发行：气象出版社				
地　　址：北京市海淀区中关村南大街46号		邮政编码：100081		
电　　话：010-68407112（总编室）		010-68408042（发行部）		
网　　址：http://www.qxcbs.com		E-mail：qxcbs@cma.gov.cn		
责任编辑：王　聪　邓　川		终　　审：吴晓鹏		
责任校对：张硕杰		责任技编：赵相宁		
封面设计：地大彩印设计中心				
印　　刷：三河市君旺印务有限公司				
开　　本：710 mm×1000 mm　1/16		印　　张：19		
字　　数：280千字				
版　　次：2021年8月第1版		印　　次：2021年8月第1次印刷		
定　　价：69.00元				

本书如存在文字不清、漏印以及缺页、倒页、脱页等，请与本社发行部联系调换

对联是深受社会各阶层人士喜爱的一种文学形式，也是广泛应用于社会生活各种场景的一种民俗传统。对联的身影遍布城乡，它伴随着每个中国人从出生到升学、结婚、生育、庆寿和去世等所有重要场合。对联还随着华人的迁徙，传播到了世界各地，它以醒目和直观的形象，成为中国文化典型的展现形式，被誉为中华文化的一张名片。2006年，楹联习俗经国务院批准列入第一批国家级非物质文化遗产名录。

从文本形式来看，对联是从律诗和骈文衍化而来的，其孕育过程又借助了诸多民俗传统。从狭义的角度看，对联是继诗、词、曲之后产生的一种新的诗歌体式；从广义的角度看，对联又是文学与民俗相结合而产生的一种文艺现象。对联之所以拥有强大的生命力，是因为它有着广泛的实用性。实用对联分为节令联、宅第联、行业联、庆贺联等大类，其下又分很多的小类，在现有的传统对联史料中，实用对联的传世数量最为庞大。以红纸书写对偶句用来烘托春节气氛的春联习俗，在明代中早期才正式诞生，这标志着对联文体的真正形成，其表现形式就属于实用对联。春联习俗产生后迅速普及到全社会，并在明代中期形成了春联、元宵联、墓联、挽联、婚联、寿联、行业联、寺观联、祠庙联等门类齐全的实用对联体系。

明代嘉靖年间李开先所著《中麓山人拙对》，是较早的个人联集之一，收录有春帖、宅第联、丧葬联、墓联、挽联、自寿联等实用对联种类。明代万历年间，坊间刻印大量的生活实用类书，其中很多都有实

用对联的专门章节。中国社会科学院历史研究所文化室根据日本藏本所编的《明代通俗日用类书集刊》(全16册),共收录各种类书43种,其中12种有实用对联的专门章节,收联总数达1600余副。以《新锲全补天下四民利用便观五车拔锦》卷二十三《万选奇联》为例,其中就有通用柱联、春联、书斋联、入学联、登科联、庆寿联、新婚联、挽联、迁居联、旅馆联、酒馆联、僧寺联、道观联等30种实用对联门类。清代是实用对联发展的全盛时期,坊间所刻各类实用对联专辑更是多达上百种,出现各种以"对联大观""对联汇海"等命名的实用联集,内容一般都会分成几十种,收录联语上千副。如清代乾隆年间黄云教所著的《玉露联珠》,收录实用对联门类达116种;清末钟云舫的《振振堂联稿》虽是个人联集,但仅其中的行业联就有160余种行业分类。

实用对联得以迅速发展和持续繁荣的原因,在于民俗传统强制的规定性和实用对联本身具备的与时俱进、自我更新的能力。当代的实用对联在很多门类上都有了一定的萎缩,除春联和婚联的使用还较为普遍外,其余如寿联、挽联、行业联等只是偶见使用。改革开放以来,随着传统文化的不断升温,实用对联的原有阵地也日渐收复。近三十年间,各出版社印行了大量的实用对联图书,以供社会各界选用,品种和数量都有超越前代的趋势。到了近十余年间,随着中国经济进入高速发展期,实用对联的应用也相应地受到多个层面的影响:其一是随着现代生活环境的急剧变化,对联传统使用场合在不断减少,例如,在全新的楼房小区居住条件下,传统的大门联、中堂联等都失去了存在的依托;其二是随着国家层面上对传统文化的日益重视和倡导,整个社会上对联文化的气氛在不断增强,特别是在中国楹联学会的推动下,很多地方开展了楹联文化城市、社区、乡村、企业和景区的创建活动,摸索出了许多在现代生活条件下开拓实用对联使用范围的新做法,如楹联文化一条街、楹联文化公园、楹联文化小区等;其三是实用对联有着极强的适应社会的能力,当代实用对联的一大亮点就是许多新兴的行业都有了适用于该行业的对联,为实用对联这一传统的文艺形式增添了极强的现代生活色彩。

本书是从10万余副传世的古代实用对联中,精心遴选文辞雅致且适用于当今语境的精品联语,分类精详并便于翻检选用。精选当代作者写新行业、新情调、新风貌的新时代实用对联，其中很多是中国楹联学会会员的征联比赛获奖作品。全书共收录古今实用对联精品3800余副，内容上乘、形式优美，是一部资料性与实用性兼具的精品对联集，希望能够得到广大对联迷、书法家以及传统文化爱好者们的喜爱。

中国楹联学会常务副会长兼学术委员会主任

2020年6月

前言

对联知识

对联概述　　　　　　　　002
对联简史　　　　　　　　011
对联格律　　　　　　　　026

节令对联

通用春联　　　　　　　044
　传统春联　　　　　　　044
　时代春联　　　　　　　054
专用春联　　　　　　　057
　生肖春联　　　　　　　057
　干支春联　　　　　　　059
农历节日联　　　　　　066
　元宵节　　　　　　　　066
　春社节　　　　　　　　067
　花朝节　　　　　　　　068
　上巳节　　　　　　　　068
　寒食节　　　　　　　　069
　清明节　　　　　　　　069
　端午节　　　　　　　　070

　七夕节　　　　　　　　071
　中元节　　　　　　　　072
　中秋节　　　　　　　　072
　重阳节　　　　　　　　073
　腊八节　　　　　　　　074
　祭灶节　　　　　　　　075
　除　夕　　　　　　　　076
公历节日联　　　　　　076
　元　旦　　　　　　　　076
　植树节　　　　　　　　077
　妇女节　　　　　　　　078
　劳动节　　　　　　　　078
　青年节　　　　　　　　079
　儿童节　　　　　　　　079
　建党节　　　　　　　　080
　建军节　　　　　　　　080
　教师节　　　　　　　　081
　国庆节　　　　　　　　081

庆贺对联

贺婚联　　　　　　　　084
　通用婚联　　　　　　　084
　月份婚联　　　　　　　089
　职业婚联　　　　　　　092

001

再　婚	094
复　婚	094
赘　婿	095
嫁　女	095

贺寿联　　096

男寿通用	096
女寿通用	098
双寿通用	100
男周岁	101
男十岁	102
男二十岁	102
男三十岁	102
男四十岁	102
男五十岁	103
男六十岁	103
男七十岁	103
男八十岁	104
男九十岁	104
男百岁	104
女周岁	105
女十岁	105
女二十岁	105
女三十岁	105
女四十岁	106
女五十岁	106
女六十岁	106
女七十岁	106
女八十岁	107
女九十岁	107
女百岁	107
三十岁双寿	108
四十岁双寿	108
五十岁双寿	108
六十岁双寿	108
七十岁双寿	109
八十岁双寿	109
九十岁双寿	109
百岁双寿	110
正月男寿	110
二月男寿	110
三月男寿	111
四月男寿	111
五月男寿	111
六月男寿	112
七月男寿	112
八月男寿	112
九月男寿	113
十月男寿	113
十一月男寿	113
十二月男寿	114
正月女寿	114
二月女寿	114
三月女寿	115
四月女寿	115
五月女寿	115
六月女寿	116
七月女寿	116
八月女寿	116
九月女寿	117
十月女寿	117
十一月女寿	117
十二月女寿	118
正月双寿	118
二月双寿	118
三月双寿	119
四月双寿	119
五月双寿	119
六月双寿	120
七月双寿	120
八月双寿	120
九月双寿	121
十月双寿	121
十一月双寿	121
十二月双寿	122

贺生育联　　122

贺生子	122

贺生女	124	马 氏	176
双胎男	125	王 氏	177
双胎女	125	云 氏	177
春日生子	126	支 氏	177
夏日生子	126	元 氏	177
秋日生子	127	韦 氏	177
冬日生子	127	木 氏	177
添 孙	127	尤 氏	177
添曾孙	128	车 氏	177

贺乔迁联   129

贺升学联   134

升学通用	134	戈 氏	177
升小学	135	区 氏	177
升中学	135	巨 氏	177
升大学	136	贝 氏	177
升军校	136	水 氏	177
升师范	136	牛 氏	178

宅第对联

大门联   138

重门联   144

厅堂联   146

书斋联   160

居室联   170

厨房联   173

姓氏联   176

毛 氏	178
勾 氏	178
卞 氏	178
文 氏	178
方 氏	178
邓 氏	178
孔 氏	178
尹 氏	178
艾 氏	179
甘 氏	179
左 氏	179
石 氏	179
龙 氏	179
帅 氏	179
叶 氏	179
卢 氏	179
田 氏	179
申 氏	179
申屠氏	179
年 氏	179
白 氏	179
令狐氏	180
包 氏	180
邝 氏	180

丁 氏	176
刁 氏	176
干 氏	176
于 氏	176
万 氏	176
上官氏	176
卫 氏	176
习 氏	176

冯 氏	180	麦 氏	183
宁 氏	180	杜 氏	183
边 氏	180	杨 氏	183
司马氏	180	贡 氏	183
巩 氏	180	芮 氏	184
邢 氏	180	花 氏	184
吉 氏	180	劳 氏	184
毕 氏	180	苏 氏	184
匡 氏	180	李 氏	184
吕 氏	180	严 氏	184
朱 氏	180	巫 氏	184
乔 氏	181	束 氏	184
伍 氏	181	连 氏	184
仲 氏	181	肖 氏	184
任 氏	181	时 氏	185
仰 氏	181	岑 氏	185
伊 氏	181	吴 氏	185
华 氏	181	利 氏	185
后 氏	181	何 氏	185
向 氏	181	佟 氏	185
邬 氏	181	邱 氏	185
刘 氏	181	佘 氏	185
齐 氏	182	余 氏	185
庄 氏	182	谷 氏	186
江 氏	182	犹 氏	186
池 氏	182	狄 氏	186
汤 氏	182	邹 氏	186
羊 氏	182	危 氏	186
关 氏	182	言 氏	186
安 氏	182	辛 氏	186
农 氏	182	冷 氏	186
许 氏	182	汪 氏	186
祁 氏	182	沐 氏	186
寻 氏	182	沙 氏	186
阮 氏	183	沈 氏	186
阳 氏	183	宋 氏	186
阴 氏	183	张 氏	187
孙 氏	183	陆 氏	187
纪 氏	183	陈 氏	187

目　录

邵　氏	187	侯　氏	190
武　氏	187	段　氏	191
林　氏	187	俞　氏	191
苗　氏	187	饶　氏	191
范　氏	188	施　氏	191
英　氏	188	姜　氏	191
茅　氏	188	娄　氏	191
幸　氏	188	洪　氏	191
郏　氏	188	祝　氏	191
欧　氏	188	姚　氏	191
欧阳氏	188	贺　氏	191
卓　氏	188	骆　氏	191
易　氏	188	费　氏	191
罗　氏	188	秦　氏	191
季　氏	188	桂　氏	191
竺　氏	188	耿　氏	192
岳　氏	188	袁　氏	192
周　氏	189	莫　氏	192
庞　氏	189	贾　氏	192
郑　氏	189	顾　氏	192
单　氏	189	夏　氏	192
宗　氏	189	夏侯氏	192
官　氏	189	顿　氏	192
孟　氏	189	晁　氏	192
练　氏	189	钱　氏	192
经　氏	189	倪　氏	192
项　氏	189	徐　氏	192
柯　氏	189	殷　氏	192
柏　氏	189	翁　氏	192
柳　氏	189	郭　氏	193
胡　氏	190	高　氏	193
封　氏	190	唐　氏	193
郦　氏	190	凌　氏	193
郝　氏	190	海　氏	193
荀　氏	190	涂　氏	193
荣　氏	190	容　氏	193
茹　氏	190	诸　氏	193
赵　氏	190	诸葛氏	193
钟　氏	190	谈　氏	193

陵 氏	193	谢 氏	196
陶 氏	193	赖 氏	196
能 氏	194	靳 氏	196
桑 氏	194	鄢 氏	197
梅 氏	194	蓝 氏	197
萧 氏	194	蒲 氏	197
黄 氏	194	楚 氏	197
曹 氏	194	雷 氏	197
龚 氏	194	虞 氏	197
戚 氏	194	路 氏	197
常 氏	194	简 氏	197
崔 氏	194	鲍 氏	197
符 氏	194	詹 氏	197
章 氏	194	雍 氏	197
商 氏	194	廉 氏	197
麻 氏	194	阙 氏	197
庚 氏	195	窦 氏	197
康 氏	195	褚 氏	197
盖 氏	195	禄 氏	197
梁 氏	195	蔡 氏	198
寇 氏	195	臧 氏	198
尉迟氏	195	裴 氏	198
植 氏	195	管 氏	198
韩 氏	195	廖 氏	198
彭 氏	195	谭 氏	198
葛 氏	195	熊 氏	198
董 氏	195	缪 氏	198
蒋 氏	195	檀 氏	198
覃 氏	196	樊 氏	198
喻 氏	196	黎 氏	198
程 氏	196	滕 氏	198
傅 氏	196	颜 氏	198
鲁 氏	196	潘 氏	199
童 氏	196	薛 氏	199
曾 氏	196	薄 氏	199
温 氏	196	璩 氏	199
游 氏	196	戴 氏	199
富 氏	196	魏 氏	199

行业对联

政府机关联 202
 党委政府 202
 人大、政协 203
 纪检监察 204
 公　安 205
 检察院 205
 法　院 206
 军　队 206
 交　警 208
 消　防 208
 审　计 209
 财　政 209
 税　务 209
 民　政 210
 生态环境 211
 国土资源 211
 环境卫生 212
 社区居委会 212
 村委会 212

公共事业联 213
 邮　政 213
 通　信 214
 交　通 214
 公　路 215
 铁　路 216
 航　空 216
 出租车 217
 银　行 217
 保险公司 218
 医　院 218
 药　店 219
 慈善组织 220
 养老院 221
 供　水 222
 供　电 222
 水　利 223
 气　象 223

教育联 224
 教育通用 224
 幼　教 225
 小　学 226
 中　学 226
 大　学 227
 师　范 227
 职业学校 227
 老年大学 228

文体娱乐联 228
 文　艺 228
 科　技 229
 体　育 229
 报　社 230
 图书馆 230
 博物馆 231
 文化馆 232
 电影院 232
 戏曲舞台 233
 广播电台 234
 电视台 234
 音乐厅 235
 歌舞厅 236
 网　吧 236
 棋牌室 237

商业联 238
 商店通用 238
 商场超市 239
 集贸市场 240
 书　店 240
 文房四宝店 241
 古玩店 241
 书画店 242
 工艺美术店 243
 金银珠宝店 243
 钟表店 244
 眼镜店 245
 刀剪店 246
 雨具店 246

家电商场	246
电脑店	247
手机店	247
花木盆景店	248
竹器店	249
木器店	249
家具店	249
灯具店	250
烟花爆竹店	251
化妆品店	251
农资店	252
建材店	252
油漆店	253
玻璃店	253
装潢装饰店	254
车　行	254
纺织品店	255
窗帘店	255
玩具店	256
乐器店	256
服装店	256
鞋　店	257
便利店	258
粮油店	258
肉食店	259
海鲜店	259
水果店	260
蔬菜店	260
豆腐坊	260

服务业联　　　　　　　　　261

宾馆旅店	261
酒店酒楼	262
饭店餐馆	263
火锅店	264
拉面馆	265
饺子馆	265
酒　吧	265
茶馆茶楼（茶叶店）	266
洗　浴	268
美容美发店	269
足疗店	270
照相馆（影楼）	270
洗衣房	271
缝纫店	272
弹花店	272
装裱店	273
打字复印店	273
婚姻介绍所	273
职业介绍所	274
家政服务	274
快递公司	275

工矿企业联　　　　　　　　275

钢铁厂	275
冶炼厂	276
煤　矿	276
石　油	277
砖瓦厂	277
石料场	277
木料场	278
造纸厂	278
建筑公司	278
纺织厂	280
服装厂	280
酒　厂	281
印刷厂	282
化肥农药厂	282

农林牧渔联　　　　　　　　282

农　业	282
林　业	284
畜　牧	285
渔　业	286
多种经营	287

后记　　　　　　　　　　　289

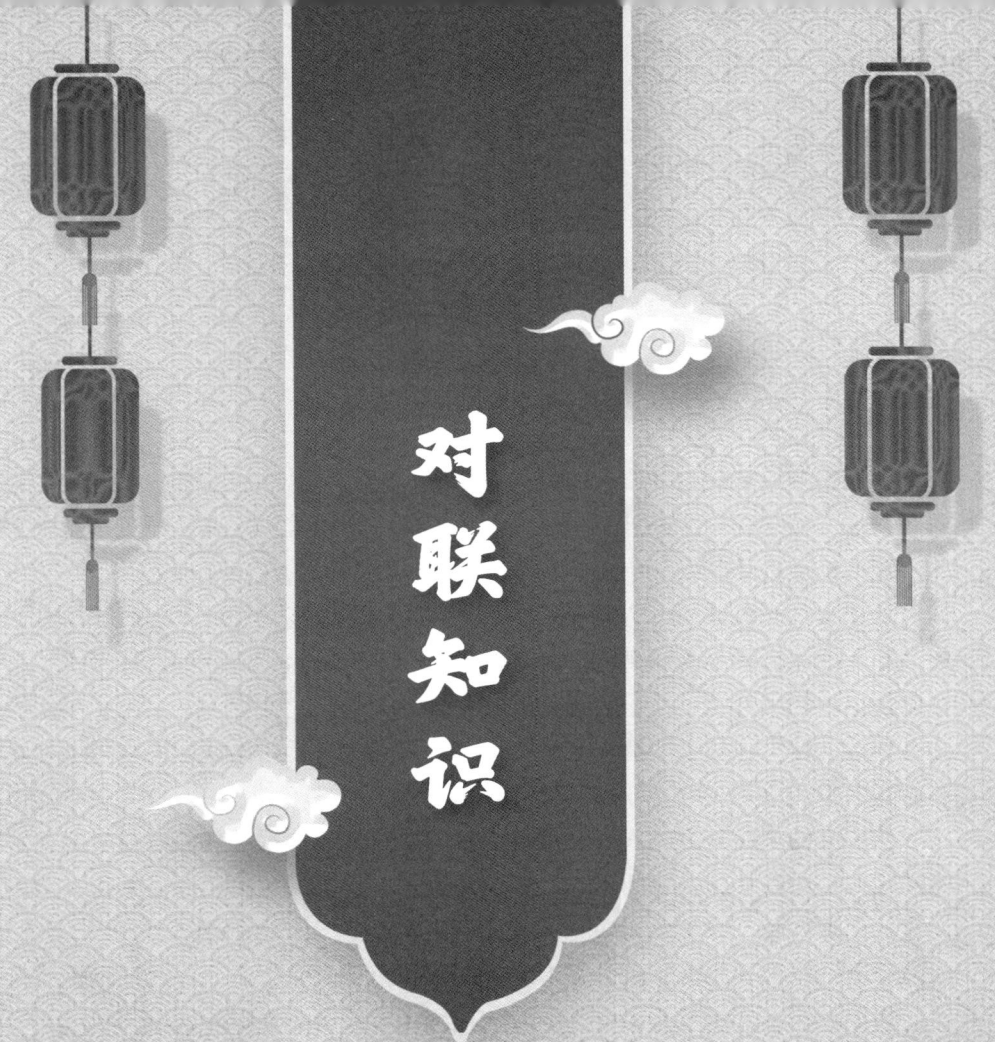

对联知识

- 对联概述
- 对联简史
- 对联格律

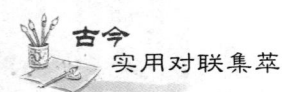

对联概述

在我们开始谈论对联之前，首先要明确"对联是什么"这样一个问题，弄清对联这一概念的内涵和外延，从而赋予对联一个明确的定义，在这个基础上才可能准确地描述其发展史，客观地介绍其文体写作的注意事项。

从狭义的角度来看，对联应该是一种文体形式，是中国古典诗歌继唐诗、宋词和元曲之后，最晚出现的一种半诗半文但又很偏向于诗歌的文体形式，它可以自由地用来抒情、写景和说理。除文学性之外，它比诗词又多出了实用性和谐巧性的特点，所以明清以来深受社会各阶层的喜爱，出现了许多传世名联和对联名家。

从广义的角度来看，对联又可视为一种文化现象，这种现象以对联的文本为基础，是对联文体与民间文学、建筑园林艺术、书法艺术、民俗文化、宗教文化、商业文化、旅游文化及教育学等，相互融合而产生的社会文化子系统。它内容庞杂，包罗万象，具有强大的社会适应力和文化生命力，在信息化条件下的当今社会，仍然具有很宽广的应用领域和很远大的发展前景。

一、不同人群对于对联的不同认识

对联一词，更多的人称之为楹联，这两个词当代人基本上是混用的，但对联应该算是比较规范的学术称谓。

当我们说起对联一词，不同的人，在脑海中冒出的第一感觉是不同的。

① 熟悉名胜园林以及古代建筑的人，马上想到的是镌刻着联语挂在门旁或楹柱上的两条长木板，与横额的木匾合称联匾。

② 喜爱书法艺术的人，马上想到的是用宣纸竖写的两行联语。因为对联与中堂、条幅、扇面一样，只是书法艺术的一种书写方式。

③ 研究民俗的人士，马上想到的是每逢节庆日在千家万户门前张贴的红联，还有遇到了喜忧事的家庭，在门户上张贴的实用联语。

④ 致力于传统文化的教育界人士，马上想到的是"天对地，雨对风"式

的对子歌，以及"独角兽、比目鱼"式的对课故事。

⑤ 醉心于以文字游戏来表现汉字奇妙的人士，马上想到的是"上海自来水来自海上"一类的奇联巧对，以及诗钟等文字游戏。

⑥ 搞民间文学的人士，马上想到了各类机敏人物以及神童才女们对对子的民间对联故事。

⑦ 有些文学理论的研究者，意识到了对联应该是一种文体，于是改变了前人视对联为"附庸的附庸"的地位，把对联纳入"俗文学"的研究范畴。

⑧ 还有个别研究者走得更远，不仅直接把对联作为独立文体写入文学史，更是提出了"有清一代文学的高峰是对联"的论点。

由此可见，知识背景和人生经历不同的人，看到对联一词后所唤起的记忆和印象是各不相同的。分析其原因，首先，因为对联的概念极为复杂和纷乱，使人不易窥见其全貌；其次，由于受阅读范围和人生经历所限，有的人就不可能站在很高的高度来审视对联。所以说，不管是专家还是普通爱好者，大多数人对于对联的印象，都如"盲人摸象"一样，相对来说都不是很全面。

二、词典对于对联的各种解释

遇到上面的困惑后，大多数人会想到去请教"不说话的老师"——词典，但是，翻检的结果仍然不能令人完全解除疑惑。

《现代汉语词典（第7版）》中对联一词的解释为：

【对联】 写在纸上、布上或刻在竹子上、木头上、柱子上的对偶语句。

这句话全部23个字中，19个字在描述对联载体的材质，最后4个字主语，却落在了对偶语句上，说其只是一种修辞方式。

1936年第一版《辞海》中，没有对联一词，楹联一词的解释为：

【楹联】 悬于楹间之联语也，亦曰楹帖，俗称对子。后蜀主昶于归宋前之岁除日，题桃符版于寝门云："新年纳余庆，嘉节号长春。"见《蜀梼杌》。按此即后世楹联之权舆。

这只是按字面进行直接的解释，把楹联解释为楹间之联语。

1961年的《辞海》试行本中，楹联一词的解释出现了全新的面貌，之后《辞海》历次修订，只是字句的微调，基本的架构没再改变，应该说这是迄今

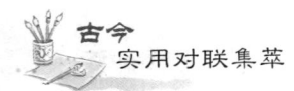

为止各类辞书中对于楹联概念最为深入、最为全面的解释。

【楹联】也叫楹帖、对联、对子。悬挂或粘贴在壁间、柱上的联语。春节贴在门上的叫春联。字数多寡无定规，但要求对偶工整，平仄协调，是诗词形式的演变。相传起源于后蜀主孟昶之自撰春联，贴于桃符上下，谓之"题桃符"。至宋时遂推广到用在普通楹柱上，后又作为装饰及交际庆吊之用。记述楹联的专书，有清代梁章钜《楹联丛话》。

这一词条首先说明楹联与对联、对子的概念相同，然后明确了它是应用地点为悬挂或粘贴在壁间、柱上的联语。在特别点出春节所用的对联称为春联之后，词条介绍了联语基本的形式规范：字数多寡无定规，但两联须相等；旧时要求对仗工整，平仄协调。特别值得指出的是这句："是诗词形式的演变。"这表明对联是旧体诗词文体形式的衍生品，其言外之意是把对联当成一种文体形式的。接下来词条还简述了对联的起源与发展，最后介绍了其社会功用："后又作为装饰及交际庆吊之用。"

直到1979年版的《辞海》，才出现了对联的词条，不过具体解释只有三个字："即楹联。"

在目前所有的辞书中，《辞海》的解释可以说是最为客观全面的，但这种解释离我们真正准确和全面地了解对联并建立起对联学科，仍然还有一段距离。

三、前人对于对联文体属性的归纳

文体，指文章、文学作品的体裁、体制或样式。中国文学发展史源远流长，形成了很多文学体裁，如诗歌、辞赋、散文、小说等，它们体式不同，功用各殊，千姿百态，异彩纷呈；像诗歌之下，又可分出古风、律诗、词、曲等。而广义的文体还包括了生活实用类甚至文字游戏类的作品，如书信、借条、谜语等。每一种文体均概念准确、体式固定、分界清晰，随意列举一篇作品，我们都可以马上辨别出它的归属来。

我们耳熟能详的对联到底是什么性质的文体呢？对于这一问题却是众说纷纭。兹列举古今学者关于对联性质的一些观点如下。

庄俞选录的《应用联语粹编·序》："联语，小道也，然社会应酬，文人雅士都用之,其声价亦高于一般礼品百倍。"

梁启超于1924年12月3日在北京《晨报》纪念增刊上发表的《苦痛中的小玩意儿》一文中说:"楹联起自宋后,在骈俪文中,原不过是附庸之附庸。"

郭立志《曾文正公联语辑录·序》:"联语亦诗余也。"

陈方镛《楹联新话·故事》(中华书局1921年版)中说:"古今诗词丛话,刊行于世者最多,独联话则除梁章钜《楹联丛话》外,不概见。殆以联为小品,无当学问耶。实则应酬往来,亦社会上需要之一种也。"

吕云彪《楹联作法》:"楹联虽为小品,并属应用文之一。"

胡君复《古今联语汇选初集》序:"联语者,论其性质特对偶文之绪余。"

郑振铎在《中国俗文学史》中把俗文学定义为:"俗文学就是通俗的文学,就是民间的文学,也就是大众的文学。"吴同瑞、王文宝、段宝林等人编撰的《中国俗文学概论》(北京大学出版社1997年版)中,把楹联作为俗文学的一部分编入其中一个章节。

曲显功在《宋代楹联辑要》一书中写道:"降及后蜀,文化孳乳,人文颇盛,君臣又雅好文学,遂以余力,攻研此途,演变之迹,灼然可睹……楹联文学,于兹遂以萌芽。"

彭作桢在《古今联语汇选再补》自序中称:"楹联亦文学之支流。"

当代学者程千帆在《关于对联》一文开头即写道:"对联(对子、楹联、楹帖)是我国具有民族特征的汉语文学样式之一。它起源于宋初,流行于全国,至今不衰。凡是宫殿庙宇、楼台亭馆,乃至私人的客室书斋,很少有不悬挂对联的。"

对联的体制和归属引起如此众多的不同观点和看法,这充分说明了我们司空见惯的对联并不那么简单,虽是两行文字,其本质却相当复杂。同时还说明对联的归属尚无定论,其定位仍是悬而未决。

四、从三道试题看对联文体属性

① 北京大学2004年自主招生考试中,有一道题是根据神舟五号飞船发射成功而出的一个上联:

九天揽月,华夏英豪驰宇宙;

据报载,有考生以"三峡工程"与之相对:

三峡截流,神州盛事壮山河。

② 中国台湾2001年大学联考试题中,有一道选择题:

罗董事长的三位朋友分别在今天过七十大寿、乔迁新居、分店开幕。如果你是董事长的秘书,下面三副对联该如何送才恰当?

(甲)大启而宇;长发其祥。

(乙)交以道接以礼;近者悦远者来。

(丙)室有芝兰春自永;人如松柏岁长新。

A. 甲送乔迁新居者;乙送分店开幕者;丙送过七十大寿者。
B. 甲送分店开幕者;乙送乔迁新居者;丙送过七十大寿者。
C. 甲送过七十大寿者;乙送乔迁新居者;丙送分店开幕者。
D. 甲送过七十大寿者;乙送分店开幕者;丙送乔迁新居者。

(答案:A)

③ 1932年夏,清华大学国文系主任刘文典请学者陈寅恪拟国文试题,陈寅恪出了一个对对子的题:

孙行者;

当时全场考生的答案千奇百怪,唯独后来成为著名语言学家的周祖谟的对句得了满分,他对的是:

祖冲之。

祖和孙都是辈分,冲和行都是动词且皆有行走的意思,之和者都是虚词,字字贴切。

根据前面所列举试题中的对联,归纳以上各家的说法,基本可分为三种观点:

① 对联是文学文体。从上面"诗余""对偶文之绪余""楹联文学"等说法看,对联应当是一种从诗歌和骈体文发展而来的文学体裁。如这副联:

九天揽月,华夏英豪驰宇宙;

三峡截流,神州盛事壮山河。

上下联分别叙述了两件举世瞩目的国家大事，夹叙夹议，字里行间表达了民族自豪感和对于祖国的热爱。像这种作品无疑应归于文学体裁之列。对联语言精练，常以极少的文字表达丰富的情思，叙事、议论、抒情，无所不可。它和其他文学作品一样，可以创造艺术形象，以情动人，以理服人，情理相洽。对联和诗词一样，可以情景相融，有深远的意境，有反复咏叹的韵味。前人的确曾以"诗中之诗"来赞誉对联。

② 对联是实用文体。从上面"社会应酬""应用文之一"等说法看，对联应当是一种和借条、书信等性质相似的实用文体。如以下这些联：

大启而宇；长发其祥。

交以道接以礼；近者悦远者来。

室有芝兰春自永；人如松柏岁长新。

第一副用于贺人乔迁，第二副贺店面开张，第三副用于贺寿。虽然说其中也有些用典、比喻之类的修辞手法，但总体上都是一些缺乏文学创意的俗套，上百年来可能成千上万的同类场合都使用过，说它们是程式化的实用文体，应该没错。在社会生活中对联用途十分广泛，如祝贺人寿诞、结婚、迁居、开业、开工、会议开幕，以及吊唁、慰勉、赠答等，都可以使用对联，以增强情谊。对联也是十分强调文采的实用文体，是一种继承了中国传统文学形式且艺术化的应用文。

③ 对联是游戏文体。从上面"游戏""小道"等说法看，对联应当是一种与谜语、酒令性质类似的游戏文体。如这副联：

孙行者；祖冲之。

其中除了字面上的技巧和由此引发的一些趣味性之外，很难说还有其他价值和用途，说是文字游戏性的文体也很恰当。古今流传的大量巧联妙对通常都是用巧妙的对仗及特殊的修辞方式，表现某种机趣、奇趣、风趣、谐趣，使读者或微笑，或捧腹大笑，津津乐道，久久不忘。

通过以上分析，我们在理清了各家观点的同时，还可以得出这样的结论：对联是集文学性、实用性和谐巧性于一身的文章体式，很难简单地用单一属性的模式来概括它。如果机械地把对联当成文学文体，就会把大量俗套性的文字和许多文字游戏人为拔高了，如果认定对联只是实用文体，那就抹杀了大量文

学价值极高的古今名联,至于视对联为"小道""游戏",本身便是一种偏见,不值一辩。

正是因为对联文体特性的多元性和模糊性,它一直以来都被正统的文学史排除在外,而论实用文体者对于对联也只能视而不见。对联在文体归类上的尴尬其实不应怪罪于对联本身,而应怪罪归类方式,最终把对联归于"俗文学"之列,倒不失为一个折中的好办法。但我们应当明白,对联也有其"雅"的一端,可以比拟唐诗宋词一类的"高雅文化",而对联"俗"的一端,又只能与谜语、谚语、歇后语等为伍。

联话类著作的开山鼻祖梁章钜对于对联的多元特性有着极为清醒的认识,他将文学性与实用性的对联统归于楹联名目之下,著有《楹联丛话》及"续话""三话"等系列联书。与此同时,他将大量只注重文字技巧的谐巧性对联(有些只是对偶工巧的词语)归于"巧对"名目之下,写有《巧对录》及《巧对续录》。这样做的好处是显而易见的,楹联一词中,"楹"突出了对联是要写出来悬挂在楹柱之上,"联"字则突出了对联上下联是一个整体,要互相关联,共同服务于主题的表达。这样楹联便可以堂堂正正地作为一种表情达意的文章体式而自立门户;而那些无助于主题的表达、无法"文以载道"的"巧对"当然只是一些"为对而对"的文字游戏,把它剥离出来另行安排位置。

文学性、实用性和谐巧性道尽了对联文体的本质属性。如果对联艺术是一棵大树的话,谐巧性是扎向社会民众这块沃土的根系,文学性是扎向传统文化这块沃土的根系,实用性是扎向生活现实这块沃土的根系,正是这三大根系才使得对联文化在现代化进程日新月异的今天依然生机焕发。

五、对联的定义及其文体特点

通过以上的论述,我们可以对对联的概念作出一个客观、全面的界定:对联是诗词形式的演变,以独立使用的一组对仗句来表达特定主题的文体形式。关于对联的这个定义,还有必要再进行以下说明:

① 说对联是"诗词形式的演变",正是从文学文体的高度对于对联文体的定位。与诗词相比,对联文体存在两处重要的不同之处,首先是对联文体独具的上下联对仗的两段式结构,其次是对联只讲声调,不押韵。

② 强调"独立使用",意在与其他的诗文中间出现的对偶句相区别,诗文

中的对偶句只是诗文中所使用的修辞手法，而独立使用的对仗句才可能构成对联文体。

③ 之所以称对仗句而不说对偶句，是因为对仗一词本身就有平仄声律方面的要求，而对偶句则只关乎字类，与声调方面的要求无关。

④ 强调"表达特定主题"，是要表明对联是用来表情达意的独立文体，对联在表达主题时可以使用各种谐巧的手法，但并不用来表达主题的那些文字游戏类的趣联巧对，严格来说并不属于对联文体的范畴之内。关于文字技巧与对联文体的关系，程千帆先生在《关于对联》中说："仅有工巧的字面，并不能成为一副好的对联，甚至沦为文字游戏，但追求字面的工巧，却也是作对子的一种不可缺少的手段。"前几年我主持编纂《中国对联集成》（全国卷）时，就将大量的趣联巧对，单独以"谐巧编"的形式收录于书中，也就是把与对联文体平行发展且又低于对联文体的那些巧对，作为一个特殊的部分，附在传统对联的总集之后。

对联的文体特点是由其文体性质决定的，对联在总的文体分类上应该从属于诗歌的大范畴，但在语言风格上，又兼有诗词曲、骈文、古文甚至俚语的语体特征，所以在从韵文到散文的过渡中，对联处在中间并偏向韵文的位置，所以对联与诗歌有着很大的共性，但对联也存在与诗歌明显的差异。

其一，诗歌一般都是要押韵的，但对联只讲声调，不押韵。我们把诗歌称为韵文，是因为几乎所有中国传统诗歌门类中的体裁，不论古风、近体以及词曲都是要押韵的，唯独对联文体只讲究平仄声调，而不要求押韵。

其二，诗歌一般都在四句及以上，但对联是两句式的结构。这是因为对联源于古诗文中的对偶修辞，是对偶修辞独立成长而形成的一种文体形式。最初的对偶修辞只是作者为了增加表达效果而进行的"自选动作"，发展到通篇对偶的骈文和中间两联对仗的近体诗，对偶就从修辞方式上升为文体要素之一，再发展到以对偶为唯一的文体要素，最终就出现了两句式的对联文体。

六、从对联文体到对联文化

说起对联文体，是从文学和文体学的角度，把对联当作一种单纯的文章体裁来进行考查，但是，古今对联所呈现的丰富内涵，远非一种文体形式所能概括。从宏观的层面上来说，对联是一种文化现象，是中国传统文化大系统中的

亚文化现象。对联文化最初的形态属于民间文学的巧对传统和趣联故事，以及民间年节习俗中对偶句的偶然应用，对联文体正是在这种对联文化中孕育和诞生的。对联文体诞生之后，与书法艺术、镌刻艺术、建筑艺术、园林艺术相融合，与民俗文化、宗教文化、商业文化、旅游文化、文化教育相融合，在当代更是与社会组织、公共传媒、文化教育相融合，从而形成了一整套包罗万象的对联文化体系。

① 对联与民俗、宗教文化。对联文化的历史远远长于对联文体的历史，对联文体孕育于民俗文化，并全方位地借助节令、庆吊、行业、宅第等习俗以及各种宗教和民间祭祀而发展演化，所以谈对联文化理应首先从民俗文化和宗教文化说起。

② 对联与民间文学存在着很深的渊源，包括对联故事、民间谣谚等。对联与谜语结合，还可以形成一种有趣的谜语联，即用一副工整的对联当作谜面，供人们猜出背后隐藏的谜底。另外，诗钟可以说是一种特殊的对联。明清两代通俗小说极为盛行，明代中期以后，民间通俗小说逐渐与对联产生了亲密接触，表现在以下三个方面：长篇小说回目、通俗小说插图配联以及通俗小说正文中穿插的对联作品。

③ 对联与建筑、园林艺术和书法艺术存在着极其密切的关系。建筑、园林中的楹联，与建筑和景观相互交融，成为与建筑装饰、联板制作以及书法艺术为一体的综合艺术。

④ 对联与教育有着密切的联系。首先是古代蒙学读物，如《笠翁对韵》和《声律启蒙》；其次是传统的"对课教学"，即"对对子"。

传统的对课主要以"属对"的方式开展，即由老师出句，学生对句，字数由少到多，内容由简到繁，最初从一字、二字开始，逐渐增加到三字、四字，最后是五言、七言的诗句。对课的历史可以上溯到宋代，宋仁宗至和年间颁布的《京兆府小学规》中就有"学书十行，吟诗一绝，对属一联"的课程设置。在当代教育界也有很多学校自主推进"楹联文化进校园"工作，使楹联教育成为学校特色教育的一个亮点。

楹联习俗已于2006年经国务院批准列入第一批国家级非物质文化遗产名录。从狭义的角度来看，对联是一种应用极为普遍的文体形式，从广义的角度来看，对联又是一种内涵丰富的文化现象。从这两个层面来观察对联，对联的真容和全貌也就一目了然了。

对联简史

中国对联发展史的轨迹，历来众说纷纭，且各种说法之间相差甚远，使人很难完全理清头绪。如我们前面所说，对联的属性和特点十分复杂，若不把对联的概念和本质属性厘清，就不可能站在同一个平台上讨论对联的起源和发展史。

要想厘清对联的起源和发展史，首先要确定对联的准确定义，定义不清，得出的结果自然会失之毫厘，谬以千里。又如，到底是在文体层面谈对联，还是在文化层面上谈对联？又如，对联概念是专指可以抒情达意的楹联，还是包括了文字游戏性质的巧对？

如果说巧对只是一种非典型性的对联，或者称为对联文体的一种低级形态，那么民俗实用性的楹联则是对联文体的中级形态，而文学性对联则是对联的高级形态。按照生物进化史上越是低级的物种产生越早、越是高级的物种产生越晚的规律，那么谐巧类的巧对起源则最为久远，要从西晋陆云、荀隐口头巧对算起；而民俗实用类楹联次之，要从北宋乾德二年（964年）后蜀主孟昶题桃符偶句算起；若以作者抱着明确的"对联意识"进行对联文体创作而论，则对联文体的真正形成就要延后到明代中期（约15世纪50年代至16世纪50年代的100多年间）。只有到了此时，"必以对语，朱笺书之"的春联习俗才真正普及开来，然后迅速带动时令、宅第、行业、庆吊以及宗教等门类对联的出现和在全社会的流行，最后引发文人专注于对联创作并把大量联语编辑出版个人对联专集，这些关键性事件都发生在这一时间段。此外，以宣纸对称书写并装裱悬挂的楹联书法，也是在这一时间段出现并在稍后一个时期开始流行。可以说，1500年之前，是对联文化的历史，1500年之后，才是对联文体的历史。

一、对联得以产生的文化源头

说起对联，人们的第一印象，就是上下联相对的两句式结构。对联的上下联之间词性相对、平仄相反，但又共同表达统一的主题，这种既对立又统一的形式特点，极其符合中国人的宇宙观和自然观。

刘勰在《文心雕龙·丽辞》开宗明义就说："造化赋形，支体必双；神理为用，事不孤立。"华夏初民观察到自然界中存在着两两对立的事物，如天和地、昼和夜、阴和晴、寒和暑、雌和雄等，所以其最初形成的观念也是两两对立的，这种模糊和零散观念的升华，使华夏先民最终形成了形而上的哲学思想——阴阳相生相克的世界观。《易经·系辞上》说"一阴一阳之谓道"，阴阳学说认为大千世界任何事物或现象都包含着既相互对立又协调的"阴"和"阳"两个方面，阴阳是对相关事物之间和同一事物内部基本属性的高度概括，大到天地，小到人体，这一规律无所不适用。

世界观决定方法论，它也直接影响一个民族的思维方式和审美心理，从而决定民族文化传统的基本走向。上古先民的思维方式，基本上是原始的线性思维方式，阴阳对立统一思想的形成，促使中华先民从一维的线性思维方式迅速地跃升到二维的对称思维方式，以及更为跳跃的类比思维方式，这种跃升应该是中华文明在先秦时代就迅速发展和早熟的深层原因。

从审美心理角度讲，在中华民族的审美心理中，从来都对整齐性和对称性有着先天的偏爱。从观念的层面上说，基本上所有的观念都存在对称的观念，有些是对立的，如虚实、强弱、得失、穷达等；有些是并列的，如家国、身心、天人、诗文等。从制度层面来说，帝的君临天下与后的母仪天下、文能治国与武可安邦、史官的左记言右记事等，都体现着对称的原则。从器物层面来说，大到城市、宫室和宅第的布局，小到门窗的形制和家具的造型，无一不力求对称和均衡之美。对称性是客观的、自然世界固有的属性，所以各民族文化中都有对于对称美的追求，但中华文化在这方面的表现更为突出。

对联是汉语言文字独有的一种文艺形式。汉字是音、形、义三位一体的方块字，汉语的词以单音节和双音节占多数，这一特点使得汉语非常容易组合成音节数目相同而结构上平行的语句，这种修辞方式，即我们所说的对偶。对偶也叫骈偶、丽辞和对仗，一般是指运用字数相等、字类相同或相似的一对词组和句子，来表达相似、相连或相对内容的一种修辞方式。《诗经》中就有大量对偶的句子，先秦诸子散文甚至史传中也夹杂了不少。至汉赋兴起，对偶修辞开始在文章中集中大量使用，魏晋南北朝时期甚至产生了一种全篇整齐、对偶押韵的文体——骈体文，并成为那个时代的主流文体。到了唐代，出现了中两联必须使用对仗的律诗，并成为当时及之后诗人最常用的体裁。骈体文与律诗的定型，使对偶超越了单纯的修辞范畴，而进入了"文体要素之一"的更高层次，随着对偶修辞在文体学意义上的不断提升，最后终于形成了以对偶作为"唯一的文体要素"的独立的文体——对联。

二、口头巧对的文化传统

由于汉字所具有的形、音、义合一的特点，极易形成对偶，所以对偶很早就成为各种文体中常用的一种修辞手段，但这种在诗文中存在的对偶修辞，还根本谈不上是独立存在的对联文体。从前曾有种观点认为，只要是独立使用的对偶句，就可以称为对联，但这种观点忽略了口头巧对这样一种文化传统，而口头巧对的历史，远远长于对联文体的历史。

古代一些歌谣采取了上下对仗式的两句式结构，这类特殊的歌谣符合独立使用、上下两句和对仗三个特征，形式上颇与对联相似，如传为舜所作的《南风歌》：

南风之薰兮，可以解吾民之愠兮；
南风之时兮，可以阜吾民之财兮。

舜本传说人物，且其时尚无汉字，当然不会产生如此对偶工整的诗歌。此歌前两句始见于《尸子》，整诗始见于《孔子家语》，故应为战国到东汉之间人伪托。

汉代的一些民间歌谣也呈现大致对偶的形式，一些历史人物的口头禅也采用了对偶的语言，如《后汉书·孔融传》：

性宽容少忌，好士，喜诱益后进。及退闲职，宾客日盈其门。常叹曰："座上客常满，樽中酒不空，吾无忧矣。"

上述这些口头创作，从形式上看也都类似于独立使用的对偶句，但它们要么是押韵的诗赋作品，要么是在非对偶的话语中偶然使用了对偶的句子，与对联文体并无关系，甚至也不属于严格的口头巧对。

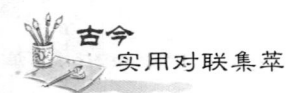

目前学界所认定的最早的口头巧对,是西晋陆云与荀隐之间的应答,故事发生在当时的名士张华家中。《晋书·陆云传》:

云与荀隐素未相识,尝会华坐。华曰:"今日相遇,可勿为常谈。"云因抗手曰:"云间陆士龙。"隐曰:"日下荀鸣鹤。"

陆云与荀隐二人相识于张华的家里,张华要求两人用不落俗套的语言来自我介绍,陆云的故乡松江旧称"云间",陆云字士龙,所以说出"云间陆士龙";荀隐字鸣鹤,故乡洛阳为西晋的都城,旧时以京城为"日下",所以荀隐就以"日下荀鸣鹤"来回应。云间与日下,构成地名工对;陆士龙与荀鸣鹤,构成人名工对。魏晋间人物尚清谈,以言语机智、含义隽永、应对巧妙、语含机锋为风流儒雅的象征。

晋代出现的这些口头巧对,在后世慢慢形成了一种文化传统,巧对成为文人雅士在各种场合争奇斗智的一种手段。但从六朝到隋唐,口头巧对的文字资料并不多。宋代胡仔《苕溪渔隐丛话》引《蔡宽夫诗话》记录了唐代的酒令巧对:

唐人饮酒,必为令以佐欢……尝有人举令云:"马援以马革裹尸,死而后已。"答者乃云:"李耳指李树为姓,生而知之。"

宋代孙光宪《北梦琐言》记载了晚唐诗人温庭筠精于巧对的故事:

宣宗尝赋诗,上句有"金步摇",未能对。遣未第进士对之,庭云乃以"玉条脱"续也,宣宗赏焉。

又药有名"白头翁",温以"苍耳子"对。他皆此类也。

宋代口头巧对的资料急剧增加,主要原因可能因为宋代诗话和野史杂记十分发达,到南宋时,此类口头巧对见于记载的更多,许多文人士大夫只要机缘巧合,随时都可对出极其巧妙的对子来。

明代的口头巧对更加趋于繁荣,大量皇帝、名臣、神童的巧对被各类笔记野史载录,虽然这些记录的可信程度并不是太高,但至少可见明代人对于巧对的异常钟爱。清代褚人获《坚瓠集》载有大量明代人的巧对故事,如著名的朱元璋与朱允炆、朱棣,朱祁钰与少年李东阳、程敏政等应对故事:

又一日与文皇同在禁中观猎,马疾驰而过,高皇出句曰:"风吹马尾千条线",建文云:"雨打羊毛一片毡",文皇曰:"日照龙鳞万点金",语虽俱工,而气象则让文皇矣。

李东阳四岁时，能作大字。景王召见，置之膝上。六岁，与程敏政以神童同被英宗召对，过宫门，足不能度。帝曰："书生脚短。"李曰："天子门高。"时御馔有蟹，上曰："螃蟹一身甲胄。"程曰："凤凰遍体文章。"李曰："蜘蛛满腹经纶。"帝又曰："鹏翅高飞，压风云乎万里。"程曰："鳌头独占，依日月于九霄。"李曰："龙颜端拱，位天地之两间。"帝大悦，曰："此安排，他日一个宰相，一个翰林也。"

清代是传统文化全面成熟的时期，巧对的文化传统也同样达到了高潮，许多文化名人以及地方名士，都有儿时机智巧妙的巧对故事；至于君臣之间、文人之间的巧对故事更是数不胜数，如广泛流传的乾隆、纪昀之间的大量巧对，李伯元《南亭四话》卷七《通州南北》：

高庙南巡过通州，出联云："南通州，北通州，南北通州通南北。"仅以南北通州四字组织成联，工稳极矣。大臣中无能对者，独纪宗伯晓岚进对云："东当铺，西当铺，东西当铺当东西。"虽较出联稍弱而俗，然除此更无可对者矣。

清代小说中的口头巧对，最为典型的当数蒲松龄的《聊斋志异》，此书很多篇章都有狐女戏弄书生的巧对，如《狐谐》一文：

顷之酒酣，孙戏谓万曰："一联请君属之。"万曰："何如？"孙曰："妓者出门访情人，来时'万福'，去时'万福'。"众属思未对。狐笑曰："我有之矣。"对曰："龙王下诏求直谏，鳖也'得言'，龟也'得言'。"众绝倒。

西晋陆云和荀隐的口头应对可以称为千古巧对之祖，他们开启了一种运用工整的对偶语言呈现个人巧思睿智的文艺形式和文化传统，至唐五代间或有人继承，至宋元逐渐发扬光大，到明清发展到高度繁荣，达到脍炙人口、尽人皆知的地步。这种文化传统在当代仍然处于不断发展之中，如华罗庚自出自对的人名对："三强韩赵魏，九章勾股弦。"21世纪以来，在网络上也出现了大量立意新奇的巧对，在机巧程度上不输古人。

总之，巧对与对联文体之间的关系存在着不确定性，这在影响到对联概念界定的同时，还对对联的起源和发展史造成了一定的混乱。如果我们把巧对包括在对联的概念之内，则对联的产生就可以上溯到西晋，但我们便无法说服学

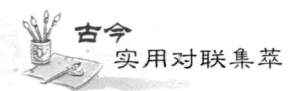

术界接受包含着巧对这种文字游戏的对联是一种独立的文学文体或实用文体。如果我们继承梁章钜的观点，把巧对排除在对联文体概念之外，那么我们在追寻对联文体历史的时候，就不可能从口头巧对的起源算起，而只能从表达特定主题并切合生活习俗独立使用的对偶句的出现来算起。

三、桃符、春帖与民俗偶句

对偶修辞的运用极为普遍，又经历了漫长的历史时期，但由对偶修辞到对联文体的质变并不是因文学的内在规律而自发产生的，而是借助了一个必不可少的母体——民间习俗。可以形象地说：对联的父系是文学，而其母系是民俗，文学与民俗相结合，孕育出了实用性楹联，最终诞生了对联文体。所以，对联的文本内容是文学的，即对联文体；而这一文本的制作程式和使用仪式则是民俗的，属于对联文化。

在对联文体的诸多分类中，最早产生的是春联。梁章钜在《楹联丛话》的开篇就转引纪昀的话：

楹帖始于桃符，蜀孟昶"余庆·长春"一联最古。但宋以来，春帖子多用绝句，其必以对语，朱笺书之者，则不知始于何时也。

这句话中，"其必以对语，朱笺书之者"是指我们到今天仍可看到的红纸春联习俗，"对语"二字在这里指春联文体。以纪昀阅书之广博，却也弄不清楚红纸春联习俗和春联文体始于何时。不过，他还是指出了两个可能的源头，即桃符和春帖子。

在本章节中，我们沿袭纪昀的这种理念，把必须以对偶语句书于红纸的普遍性习俗当作春联正式形成的阶段，而把在桃符或春帖子上偶尔出现的少量对偶语句视为春联的孕育阶段，直接使用桃符偶句及春帖子偶句的称谓。

1. 桃符习俗

近代人每当说到春联，总会与桃符混为一谈，在桃符问题上我们存在的误解很多，桃符习俗从汉代一直延续到清代，在两千多年的发展史中经历了很多的变化过程，下面简述一下其脉络。

西汉是中国年俗大发展时期，此时出现了春节插在门两侧地上的辟邪桃俑或桃人，最初只是勾勒出神的面目，后来衍生出神荼、郁垒二位神人的传说。

1930年，在内蒙古居延地区出土了西汉中期到东汉初年的简牍1万余支，被称为居延汉简。其中有21支粗略勾勒了人物面目，多数下部削成尖状，这些发掘于居延烽燧遗址中的所谓粗制木偶，应该就是西汉中后期过年时插在大门两旁地上的桃符实物。

汉代到南北朝，这种在门的两旁以桃木制品来辟邪的年节习俗得到了很大的发展，其名称为桃人、桃梗、桃椎、桃印等，其形制到了南北朝得到扩大，称为桃板，使用方式也从插在地上改为挂在门的两侧。南朝梁宗懔《荆楚岁时记》：

正月一日是三元之日也，《春秋》谓之端月。鸡鸣而起，先于庭前爆竹，以辟山臊恶鬼。贴画鸡，或斲镂五采及土鸡于户上。造桃板著户，谓之仙木。绘二神贴户左右，左神荼，右郁垒，俗谓之门神。

最早的桃人、桃梗上，通常只勾勒神荼、郁垒的面目，到东汉时桃梗上出现了书写祈福文字的情况。许慎注《淮南子·诠言训》：

今人以桃梗径寸许，长七八寸，中分之，书祈福禳灾之辞，岁旦插于门左右地而钉之。

到了五代末期和北宋初期，出现了最早的在桃符上题写偶句的事例，北宋张唐英《蜀梼杌》记载：

蜀未归宋之前，一年岁除日，昶令学士辛寅逊题桃符版于寝门，以其词工，昶命笔自题云："新年纳余庆，嘉节贺长春。"

其年为北宋乾德三年（965年），这是史上第一次出现在桃符上题写独立使用的对偶句的事例，当时称为"题桃符"，《全唐诗》收录时则以《孟蜀桃符诗》为题。之后，北宋还有一例基本可信的题桃符偶句，就是苏轼在黄州时为王文甫所题桃符："门大要容千骑入；堂深不觉百男欢。"整个北宋时期可信的在桃符上题写偶句的事件仅此二例，至于北宋时期最通行的桃符形制，《皇朝岁时杂记》一书有这样的记载：

桃符之制，以薄木板长二三尺，大四五寸。上画神像、狻猊、白泽之属，下书左郁垒、右神荼。或写春词，或书祝祷之语，岁旦则更之。

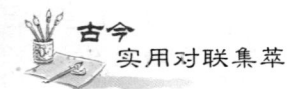

南宋时也有桃符诗的说法，主要是七律格式的桃符文辞。整个南宋时期，文人在桃符上题写偶句的事例逐渐增多，见诸记载的有朱熹、真德秀等十数例。

据元杂剧《包待制智勘后庭花》中所记，元代桃符的形制很小，两边分别书写"长命富贵"和"宜入新年"各四字，这两个句子对偶尚不工整，几乎算不上是桃符偶句。

明代春联习俗出现之后，桃符习俗仍然与春联并行发展，但桃符上的图文内容越来越简略。到了清代，《红楼梦》第五十三回：

已到了腊月二十九日了，各色齐备，两府中都换了门神、联对、挂牌，新油了桃符，焕然一新。

与门神、联对并列的桃符，只是新油了一下，可见上面已不存在任何图文内容了。后来，流行了上千年的桃符习俗逐渐消亡。光绪年间的《燕京岁时记》中，春联和桃符干脆混为一谈，说明桃符习俗已全面消退，并已完全被春联习俗所替代：

春联者，即桃符也。自入腊以后，即有文人墨客，在市肆檐下，书写春联，以图润笔。

由以上史料可以看出，桃符是一种独立的民俗文化传统，后世把桃符与春联联系起来，只是因为在宋代形式多样的桃符图文中，偶尔有个别的对偶句出现，这些对偶句并没有民俗的规定性，只是个别文人偶然的心血来潮。所以，不能把桃符与春联画等号，甚至桃符都算不上红纸春联产生的直接源头，其直接源头应该是春帖子。

2. 春帖习俗

春帖习俗源于古代庆祝立春日的仪式，最早是春胜的一种。胜，是古代妇女的头饰。春胜是立春日剪彩纸呈燕子的形状，上书"宜春"二字。最早见于晋代傅咸的《燕赋》："彼应运于东方，乃设燕以迎至……衔青书以赞时，着宜春之嘉祉。"之后，南朝梁宗懔《荆楚岁时记》中记述了立春日的习俗："立春之日，悉剪彩为燕以戴之，帖宜春二字。"隋代杜台卿《玉烛宝典》云："立春多在此月之初，俗间悉剪彩为燕子，置之檐楹，以戴，贴宜春之字。"上述三条记述说明自晋至隋约300年间，逐渐在立春日形成了"剪纸为燕"和"贴宜春二字"的习俗。起初都是作为春胜戴在头顶上的，到隋代已经有"置之檐楣"的情况了。

在彩纸或彩帛上书写"宜春"二字并张贴在房檐和门楣的做法，独立发展出宜春帖的习俗，唐代孙思邈《千金月令》云："立春日贴宜春字于门。"之后，春帖又从立春日向元日转移，成为年节习俗的一个重要组成部分。

宜春帖上的文字最早只是"宜春"二字，后来演变为复杂的祈福迎祥文字，唐末韦庄《立春》："殷勤为作宜春曲，题向花笺帖绣楣。"从宜春曲可以看出上面题写的应该是迎春的诗歌。日本正仓院有一件唐肃宗至德二年（757年）罗底金字的春帖，系于浅碧罗之上，粘有金箔，剪彩成十六字云："令节佳辰，福庆惟新，燮和万载，寿保千春。"

在莫高窟藏经洞发现的敦煌遗书中，在编号"斯坦因0610"的敦煌经卷《启颜录》的背面，发现了下述手抄的类似四言或五言诗的几段文辞，分岁日和立春日两种，岁日的两首为：

岁日：三阳始布，四序初开。

福庆初新，寿禄延长。

又：三阳□始，四序来祥。

福延新日，庆寿无疆。

可以看出其与日本正仓院所藏唐代春帖文辞如出一辙，应该也是唐代春帖上祈福迎祥文字的底稿，绝非是春联和楣联。

在唐代宜春帖习俗的基础上，宋代宫廷中又创设出一种立春日和端午节使用的春端帖子。这种官方春帖子是供帝后等宫阁专门使用，由学士院当直学士编撰，经翰林书待诏书写，交由内禁专门机构以绛罗金缕织造的宫廷节日用品。这种皇宫春帖子词，文字上是一组数量大致固定的五言、七言绝句，文辞华美工丽，内容大多是歌功颂德的，或者寓规谏之意。宋代文人欧阳修、司马光、苏轼、李清照等均有不少此类的创作。

宋末春帖子，除了题写"宜春"和题写五言、七言绝句的春帖子词之外，内容还有了更为复杂的变化，南宋末年陈元靓《岁时广记》"撰春帖"：

或用古人诗，或后生拟撰，作为门帖，亦有用厌胜祷祠之言者。

这里的"厌胜祷祠之言",在形式和功用上已经与桃符的"祈福禳灾之辞"没有什么区别了。

到了元代,在春帖上出现了独立使用的对偶句。元代浙东道宣慰使都元帅杨瑀著《山居新话》载:

元统间,余为奎章阁属官,题所寓春帖曰:"光依东壁图书府;心在西湖山水间。"

元代蒲道源《闲居丛稿》中有春帖一节,收录他在任国子博士时为内府、翰苑和宰辅大臣李孟所题写的春帖14副,其中12副为七言联,两副为五言联。这是宋元到明代早期这一历史时期,习俗偶句创作数量最多的作者,只是我们还无法考证这些春帖偶句的书写和张贴形式。

明初,春帖又有了一个新的称谓——门帖或门帖子。明戴冠《濯缨亭笔记》载:"北京宫阙成,太宗命解缙书门帖。"明末清初钱谦益《列朝诗集》载:学士陶安,字主敬,明太祖尝制门帖赐之,曰"国朝谋略无双士,翰苑文章第一家"。

从以上明初的门帖内容来看,不论是摘录自诗文中的对偶句或是自撰的对偶句,春帖或门帖的文字都属于独立使用的对偶句了,也就是说,春联文体的规定性和明确的文体意识开始呈现,对联文体才从自发的时代跨入了自觉的时代。

明代中期桃符的衰落和春联的兴盛与普及,从嘉靖年间的《汀州府志》的两条记载可以清楚地看出来:

桃符:新画桃符置户两旁,貌荼、垒于上,以厌邪魅。

春帖:大夫之家俱用五色笺书联句,以贴于门或厅堂柱间,虽工贾亦买而贴之,以见除旧布新之意。

春帖子的称谓一直延续到了清代,虽然在康乾时期的宫廷曾有过短暂的向宋代五言、七言春帖子的复古,但总体而言这一称呼已经近于春联的代指。"春联"一词最早出现于戴冠的《濯缨亭笔记》,在此之前,一直是把春联称为春帖或门帖的,由此可见,春帖子应该说是春联习俗的直接源头。春帖子由唐宋时的一块方帛变化为竖写的两条红纸,也就是春联习俗最早的开端。

3.铭旌偶句及其他民俗偶句

丧礼上使用铭旌是一种古老的社会习俗,据说始于周朝。《周礼·春官·司常》:"大丧,共铭旌。"传统铭旌上书写的文字内容包括朝代、死者身份、享年、姓名。到了南宋时,部分地区出现了一种花式的另类铭旌,即在铭旌上书写七言对偶句,用以赞颂死者功绩,也有人死前自题铭旌以抒发情怀。宋陆游《老学庵笔记》载:

赵元镇丞相谪朱崖,病亟,自书铭旌云:"身骑箕尾归天上;气作山河壮本朝。"

赵鼎自题联句于铭旌,虽然没有明确的对联文体意识,但可以说是独立使用的对偶句与民间丧葬习俗的最早结合。

当代考古发掘的新发现,让我们有幸看到了一组南宋铭旌偶句的实物。1986年,福建省福州市鼓楼区杨桥西路茶园山小学在修建操场时发现一座宋代古墓。出土文物中包括多件书写有七言偶句的绛色帛幡,其形制与传统的铭旌高度一致。帛幡上书写的偶句为:"铜竹昔时膺凤诏;风云他日趣鳌头。""军民上下咸思德;赏罚分明善用人。""正直忠良摩万姓;宽仁骨鲠劳三军。""军民揾泪持杯送;无福登消好帅君。"除此之外,棺椁其他帛幡上还有以下两联:"夔门日日望君来;鄂渚人怀去后思。""争似早登黄阁去;普天霖雨总无思。"其中一幅帛幡中标注着入葬年份为南宋的"端平乙未",即公元1235年。四川夔门和湖北一带,在1235年是南宋军队与蒙古人激战的最前线。根据以上文字内容来推断,墓主人极可能是在当年战役中阵亡的高级将领,死后运回福州家乡安葬。值得注意的是,上述文字中三副为工整的对偶句,三副为非对仗的一般联句,说明当时铭旌题写文字并没有严格规定为对偶句,所以这些文字只能反映丧葬实用对联正在形成的一个中间过程。

宋元民俗用品上出现独立使用的偶句除桃符、春帖和铭旌这三类外,还见于瓷枕、砚台、扇面等生活用品。如有一只宋代瓷枕上书有"欲作高堂梦,须凭妙枕歆"一联;有一方宋代铭文小砚台上刻"长醉非关酒,多愁不为贫"一联;南宋皇帝赵昀题写的扇面,对称书写有摘唐人韩翃诗句的"潮声当昼起,山翠近南深"一联等。

此外,南宋时还出现过元宵节在灯门上题写的偶句,元初刘埙《隐居通

议》卷十有"扬州上元灯诗"一条：

> 贾似道镇维扬日，上元张灯，客有摘古句作灯门诗者，曰："天下三分明月夜，扬州十里小红楼。"众称其切。

南宋时扬州的"灯门诗"是不是只有两句？如何题写于灯门？目前无从考证。此处所集唐宋诗词句为联，从形式到内容都十分巧，与后世的集句联别无二致，且又是于节日题于灯棚，应该算是在习俗中独立使用偶句的尝试了。

总之，上述各类民俗偶句各自演化和发展，都可以算是对联文体的民俗学源头。到了明代中早期，在桃符偶句的影响下，春帖子偶句直接演化出红纸春联的普遍习俗，而铭旌偶句也演化出墓联、丧葬实用联以及挽联。在很短的时间内，各类民俗实用性对联品种迅速产生并在全社会盛行开来。

四、明代以后实用类对联的兴盛

宋元时代各种民俗偶句经长期演变，最终在明代中早期形成了各种门类的民俗实用对联，这里所说的实用类对联的概念，是与文学类对联相对应，也就是与更高层次的文人对联相对应。实用类对联的最大特点，就是它的通用性，比如这一副春联："向阳门第春常在；积善人家庆有余。"可以用在古往今来任何一户人家的大门上；而与之对应的文人对联则有极其精准的针对性，只能切合特定的主题，不能移易他处，如南宋真德秀自题书房桃符："坐看吴粤两山色；默契羲文千古心。"鉴于这种区别，我们进行对联发展史的叙述时，先把谐巧类的巧对单独作为一个文化传统来介绍，之后把实用类的楹联作为一个单独的文化传统进行梳理，最后则勾勒出由历代著名联家所串起的文学类对联的发展主线。

首先需要介绍一下实用类对联的总体状况。这里所说的实用类对联，是指民俗、宗教方面的实用类对联，主要分为节令类、宅第类、行业类、庆吊类和宗教类五大类，各大类之下又分成若干种子类。

节令类之下有春联、元宵联、端午联以及立春联、清明节联等农历时令对联，又有妇女节、劳动节、儿童节等公历节日联等。

宅第类之下有大门联、重门联、厅堂联、书房联、卧室联等。

行业类之下有衙署联、教育联、商业联、服务业联、农林联等。

庆吊类之下有贺婚联、贺寿联、贺乔迁联、贺生育联、挽联等。

宗教类之下有道教联、佛教联、伊斯兰教联、基督教联、民间祭祀联等。

全新的春联习俗在明代中早期的诞生，标志着对联文体的真正形成，此后再加上其他几条民俗偶句传统的共同作用，从而在明代中期形成了春联、元宵联、墓联、挽联、婚联、寿联、行业联、寺观联、祠庙联等门类齐全的实用对联文体形式。

明代李开先的《中麓山人拙对》中，还只是有春帖、宅第（亭台楼阁）联、丧葬联、墓联、挽联、自寿联等几种实用对联的种类，到了万历年间的《新锲全补天下四民利用便观五车拔锦》卷二十三中所收的《万选奇联》中，便有了通用柱联、春联、书斋联、入学联、登科联、仕宦联、庆寿联、寿官联、过聘联、新婚联、挽联、迁居联、隐居联、水阁联、桥梁联、客馆联、旅馆联、酒馆联、医士联、画士联、忠臣祠联、僧寺联、烈女祠联、道观联、杂联等30种门类的联语。对联门类大幅增加的趋势一直延续到清代，到了清末，随着社会分工的不断细化以及新兴行业的出现，钟云舫《振振堂联稿》中，仅行业联（书中称"各色春色"，即各行业春节用联之意）就有客栈、茶社、饮食馆、烤房、绸缎、剃头、糖房、面房、铁匠、木匠、炭厂、柴厂、油房、灯笼铺、鞋铺、钉鞋、草鞋、斗笠、伞、扇、苏货、帽、袜、毡、毯、席、染、顾绣、织棉、织麻、织丝、裁缝等160余种行业，此外还有衙门内的15种分工。

1911年以后，实用楹联也相应有了新的发展，实用楹联的创作、整理和出版都达到了前所未有的程度，这也体现了民俗实用楹联达到了最为兴盛的巅峰。如1946年上海学生书局就出版过《时代楹联一万副》；又如广文书局曾辑多种楹联类著作影印为《楹联丛编》，其中大多数为民俗实用类联书，如《婚丧喜庆对联汇编》《商业新楹联》《新时代万有楹联》《万有对联汇海》《新楹联汇海》《楹联观海》等。

当代的实用对联，在很多门类上都有了一定的萎缩，只有春联和婚联还较为普遍，寿联、挽联、行业联等只是在较少的人群中使用。但对联的强大生命力在于内容上能够与时俱进，最为典型的就是春联，其内容的时代特色最为鲜明。行业联也能随时适应新时代的产业特点，许多新兴的行业都会有新撰的专用对联出现。

五、对联的发展

中国文体发展史上有这样一种规律,一种文体产生于民间之后,会很快引起个别文人的关注,并投入到这一文体的创作之中,他们的创作又会带动更多的文人进入这一文体的创作,从而把这种民间的文体提升到纯文学的高度,并很快迎来这一文体的鼎盛阶段。比如宋词的兴起和发展,就是沿着这一路径进行的。

对联文体的发展同样遵循了这一规律,各种实用类对联在明代早期发展齐备并形成全社会的风俗之后,就有文人开始专注于对联的创作并写出相当数量的联作,然后就有了个人对联专集的出版。在这方面,最早开创了文人对联创作风气的是明代中期的杨慎和李开先,标志性的作品则是中国第一部个人对联集、收录有 1800 余副对联的李开先的《中麓山人拙对》。

其后又有徐渭、乔应甲、担当、张岱等人的对联创作堪称大家。徐渭的对联创作,《徐文长佚稿》第二十四卷"杂著·榜联"载 20 副,《徐文长佚草》卷十"榜联"载 96 副。徐渭联语的一个突出特点是尝试把联语写得更长一些,他写的 40 字以上的长联多达 12 副,最长一联为《开元寺大殿》联,长达 140 字,为明代对联之冠。乔应甲所著《半九亭集》共分八卷,前六卷以各种主题的偶句为主,计有偶句 3867 则,其中较为典型的对联作品在 1000 余副。至明末清初,担当和尚著有《罔措斋联语》,收录佛教对联 400 余副。张岱有《柱铭对》一书,但今已不传。

由明入清的傅山、王夫之、李渔等人开创了清代初期的对联创作之风,其中,李渔生前曾编辑个人诗文杂著为《笠翁一家言》十六卷,其中"卷四"为楹联,收录楹联 195 副。到了康熙、乾隆时期,由于皇帝对于对联文化的热爱,带动了一些名臣如朱彝尊、宋荦、刘墉、梁同书、纪昀、赵翼等人的创作,同时民间也出现了孙髯、郑燮、袁枚等名士的创作。嘉道年间,阮元、梁章钜、陶澍、林则徐、何绍基几位楹联巨匠把清代对联推上了新的高峰,也在一个很高的起点上拉开了近代对联史的序幕。

从 1840 年到 1949 年的中国近代史,同时也是中国对联发展史最为鼎盛的时期。从整个对联文化发展史的高度来看,大致可分为三个阶段:从孟昶题写桃符偶句的 965 年,到明代中期的 1500 年,是对联文体以民俗偶句的形式长期孕育的阶段,在这 535 年中,各类民俗偶句出现的数量仅在几十副或上百副的数量级。从 1500 年到近代史开端的 1840 年，是对联文体逐渐发展并走向繁荣的阶段，在这 340 年中，各类民俗实用对联以及文人联语的数量也只在上万副的数量级。而从 1840 年到 1949 年的近代对联却呈现出井喷式的爆发状态，在这不到 110 年中，各类对联的创作达到了上百万副的数量级。

近代对联名家辈出，作手云集，通过分析就会发现，对联作者按地域呈现出集群的现象：

① 以湘军将领和幕僚为代表的湖南对联群体，主要有魏源、曾国藩、左宗棠、彭玉麟、郭嵩焘、刘坤一、李寿蓉、王闿运、吴熙、吴恭亨、易顺鼎、吴獬、谭嗣同、黄兴、杨度、李澄宇等。

② 包括了苏南浙北以及安徽、江西部分地区的江南对联群体，主要有薛时雨、俞樾、陈钟祥、顾复初、顾文彬、翁同龢、吴汝纶、金武祥、徐琪、丁立诚、张謇、范当世、刘树屏、朱祖谋、江峰青、胡君复、罗振玉、蔡元培、章炳麟、方尔谦、张荣培等。

③ 福建省侯官、闽县籍的福州对联群体，主要有李彦章、林昌彝、林庆铨、沈葆桢、龚易图、陈宝琛、林纾、严复、郑孝胥、林葆恒、陈仲经等。

④ 此外，有多个对联文化大省，也都涌现出一些代表性的对联大家，如四川的钟云舫、万慎、刘师亮等，广东的黄遵宪、康有为、梁启超等，甘肃的吴可读、刘尔炘、慕寿祺等，云南的赵藩、袁嘉穀、由云龙等，贵州的莫有芝、杨调元、刘韫良等。

另外，还有于右任、张龄等人，都可以说是近现代对联名家。

对联格律

对联格律是对联文体写作时需要遵循的一系列形式规范，在古代时属于"不言自明"的东西，上海中华书局 1921 年出版的陈方镛《楹联新话》说："古传诗律，未闻有所谓联律者。"所以，成文的对联格律实际上只是近 100 年来一些学者的概括和总结。

一、对联格律概述

所谓对联格律，是随着对联文体的发展而不断丰富和成熟，并被历代对联作者在一定程度上共同遵守的约定俗成的规则，其中有些是刚性的规则，在今天的对联创作中不能逾越一步，例如，上下联必须对偶；上联必须仄声收尾，下联必须平声收尾等，违反了便不成其为对联文体；而有些则是有弹性的规则，可以在从宽和从严之间进行选择，例如，对偶的工对与宽对，句内节奏点的平仄交替等，能做到从严当然更好，即便从宽了只能算在形式上有些粗疏，只要内容表达上很稳妥，仍不失为一副合格的对联作品。

古代人的蒙学教育，在识字之后就是循序渐进的对课教育，由简到繁地学习对对子，所以自幼就会掌握对偶和声律方面的知识与技能。同时，对联文体最初是从律诗和骈文衍生而来，而后又吸收了词曲、古文等文体的特点，所以，熟悉这些古典文学体裁的人，自然会对对联文体的形式规范触类旁通。明清时期，社会上只有《对类》一类的对偶工具书，大约到了 20 世纪 20 年代，社会上才出现《对联作法》一类的书籍，总结对联格律要求，教人对联写作方法。

最早的对联多为五字和七字的，形式上基本上就是五言和七言律诗的中间两联，格律上的讲究也只有两点，一是要讲对偶，二是要讲声律。加入了骈文、词曲、古文等因素后，也只是句子的节奏方式更加丰富，以上的两点讲究并没有什么根本性的变化，所以，明清时期个别名家的叙述以及各种《对联作法》的总结，都是把对联格律归结为对偶和声律两个方面。

到了20世纪70年代末和80年代，在对联文化随着传统文化热不断升温之际，迫切需要在新的社会语境条件下对于对联的格律要求进行总结和表述，于是有人根据语文课中对偶句的概念，从语法学角度把对联格律概括为"六相"：

字数相等：上下联字数相等，多分句联中各分句字数分别相等。
词性相同：上下联相对的词或词组具有相同的词性。
结构相称：上下联语句的语法结构相同，对应词语的结构相同。
节奏相应：上下联句内语气停顿的地方（即节奏点）必须一致。
平仄相谐：上下联节奏点平仄相反，本句内节奏点平仄交替。
内容相关：上下联之间内容相关，共同表达一个主题。

因为直到21世纪初为止，语法学一直是语文教育的核心，语法学的表达角度也就成为这几代人唯一接受的表述方式，所以，近40年来"六相"的规则成为讨论对联格律问题的一个基础。这套规则字面上条理分明，用于教学和指导创作也有着方便简捷的优点。但是，这套看似完善的规则在实际运用时却非常容易被绝对化，而且这套规则本身与古人的对联创作实践也存在着一些不相吻合的地方。比如：

① 关于"词性相同"，若是把名词、动词、形容词之外的副词、介词、连词、助词等也强求一致，既不符合大量名人名联的实际，用来指导写作也会凭空给作者增加了不必要的束缚。同时，古人把动词和形容词同作为虚字，有时也用来相对，如高山对流水之类，这使得词性相同的要求更显得捉襟见肘。

② 关于"结构相称"，词语的结构可分为并列、偏正等，这在古人的创作中也是要讲究的，但现代语法学把词语结构分得很细，也不可能完全相对，我们在理解和运用时也不必过分刻板。比如芙蓉属于不能拆开的单纯词，但完全可以与并列结构的合成词桃李、杨柳相对偶，杜甫也曾与偏正结构的花萼相对，毕竟它们同为名词。至于更高层面的结构，也就是句子的结构上，更不必去拘泥，因为古人根本不会有这方面的意识，句子结构一致与不一致，都可以形成对偶，如常见的春联"江山飞丽藻，花柳发韶年"。上联是主谓宾结构，

下联则不是，但不影响形成对偶。

③关于"节奏相应"，因为律诗的句内节奏是二字一顿，所以造成有些人也想当然地要求所有对联语句全都按照二字一顿来安排节奏，而在词、曲、辞赋等句式的对联中，很多是不可以机械地按二字一顿来划分节奏的，如春联："天增岁月人增寿，春满乾坤福满门。"可以按照2221来划分节奏，但是如"天赐与一门吉庆，春送来两字平安。"就必须按322来划分节奏，第二字不用讲究平仄，第三字反而需要讲究平仄。

正因为"六相"的规则存在着上述的种种问题，所以中国楹联学会在2008年10月整理公布了《联律通则》，通则共分三章，第一章就是关于"六相"的规则；第二章主要是规定只要符合传统的对偶辞格，即使不符合"六相"也视为合格；第三章主要是从语法学的角度，列举出不同词性也可以相对的情况。这样，就通过给"六相"规则打补丁的办法，让对联格律尽可能符合古今对联创作的实际。

二、对联的对偶

对联文体形式上最主要的特点就是对仗，可以说是对偶修辞独立成长出来的文体。对联的对偶规则与传统的诗词歌赋一样，总结一下可以用10个字来说清："同类成对偶，小类称工对。"

1. 单字对偶

对偶的本质，就是相对的文字形成一种对称感，如何才能形成对称感呢？就是相对应的文字在意义上属于同类。就像是古人从小背诵的对子歌："天对地，雨对风，大陆对长空，山花对海树，赤日对苍穹……"天和地，是宇宙的两个组成部分；雨和风，同为天气现象；大陆和长空，跟天地相类似，且"大、长"都是用来表示"陆、空"性状的；山花和海树，"花、树"都是植物，"山、海"都是界定"花、树"的地理范围；赤日与苍穹，"日、穹"都是天文事物，"赤、苍"都是用来表现"日、穹"颜色的字……

对于什么才是构成对偶的同类相对，现代人与古人的表达方式是不一样的，我们语文课上规定的就是词性相同，也就是名词对名词、动词对动词、形容词对形容词等，就可以构成对偶。古代人则是把表示名物的字称为实字，相当于我们说的名词,其余的所有字都称虚字,虚字里又分成两类,一是活字,大致相当于我们说的动词;二是死字,大致相当于我们说的形容词和其他的各类词性,只要用实字对实字,活字对活字,死字对死字,也就可以构成对偶了。这两套表达方式大致是对等的,但在一些细节方面却并不完全吻合。

以上所说的构成对偶,也就是达到了对偶的初级要求。对偶还有更多高级的要求,但不是表现在什么副词、介词、连词等细类的相对,而是表现在名词对名词时分成很多更小的细类,小类之内相对,才是更为工整的对偶。所以,对偶更高级的要求,是做到小类的工对。

2. 小类工对

上面说的名词、动词和形容词,以及实字、活字和死字,都属于最大的类别,在大的分类之内,还存在着更细小的分类。相对的字词,特别是对于名词来说,越是在更小更细的类别中,对称感就越强,对偶就越工整;类别越大,对称感就越弱,对偶就越宽泛。例如,云彩的"云"字,与忠孝的"孝"字都算是名词,但一是指气象,二是指人伦,一个是具体名词,另一个是抽象名词,相差很远,用它们来对偶就显得很宽。若是对"雨"字,都属于更窄的气象名词,对偶就很工整。

古人对于对偶缺乏理论总结,主要靠感性经验的积累,私塾里的蒙学读物就有多种对子歌供学生背诵。我们刚才说的"天对地、雨对风"就是清代李渔编的《笠翁对韵》,下面我们再举《声律启蒙》的第一段为例,来说明古人小类工对的具体方法:

云对雨,雪对风,晚照对晴空。来鸿对去雁,宿鸟对鸣虫。三尺剑,六钧弓,岭北对江东。人间清暑殿,天上广寒宫。两岸晓烟杨柳绿,一园春雨杏花红。两鬓风霜,途次早行之客。一蓑烟雨,溪边晚钓之翁。

云和雨,都是气象名词;鸟和虫,都是生物名词;剑和弓,都是武器名词;岭和江,都是地理名词;晓与春,都是时间名词。这种名词小类的对偶就更为工整。

从中我们还可以看出,来与去,都是指空间角度的动态描述;宿与鸣,都是指动物行为,同为动词的小类相对。晚与晴,都是与天时有关的状态,同属形容词小类相对。

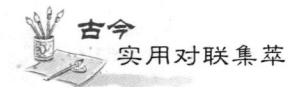

下面要说小类工对的另一层重要含义,就是有几个类别的字,必须要用同类的字相对,一般不许放宽,这几个类别就是:数字、颜色、方位等。从上例我们也可以看出:三与六,两与一,都是数字相对,这样才显工整,假如两岸用园林来对,对称感就被破坏到了及格线以下,对偶就很不工整了。同样,绿与红,都是颜色相对,特别工整;北与东,间与上,都是方位相对,也十分工整。

3. 词语对偶

以上的同类相对或小类工对,都是指单个汉字的对偶,上升到两字或三字的词语,就要注意到词语内部结构的一致。

词语的结构主要有偏正、并列、联合等方式。如上例中:虽然同是偏正结构,晚照晴空,是形容词加名词的偏正结构;宿鸟鸣虫,是动词加名词的偏正结构;早行晚钓,是形容词加动词的偏正结构。属于并列结构的如:风霜和烟雨,两个字并行,不相互修饰。此外,联合结构是不可分割的词,如主义、理想、蜘蛛、葡萄等,根据意义尽量同类或同小类相对即可。

两字或三字的词语相对,还有一个要点,就是一个偏正的词语总会分成主要成分和次要成分,主要成分对偶工整了,次要成分就可以放宽一些。如清暑殿、广寒宫中的"殿"和"宫"就是主要成分,改成"交泰殿"之类的也不影响整体对偶。再如宿鸟、鸣虫中的"鸟"和"虫"就是主要成分,"宿"和"鸣"则是次要成分,改为"寒鸟"对"鸣虫"也不影响总体上的对称感,就像古人习惯用"高山"对"流水"一样。关于词语的相对,我们还需要补充10个字:"词语看结构,主次分轻重。"

4. 当句自对

上面所说的字和词的对偶,都是在上下联相对应位置上的对偶,也就是说,对偶的方向是上下的,这是学习对联写作的初级路径。到了高级阶段的时候,对偶的方向就不局限于上下对偶了,有时在前后方向上也可以形成对偶,这就是自对,或叫当句对。

中国对偶修辞的发展到了对联文体中,才算达到最高级的阶段,很多古代的对偶辞格,在对联文体中都获得了新的发展,这其中最为典型的就是自对。

自对最早的萌芽应该是从并列结构的名词相对所引发的，例如，当诗人用"草木"对"江河"时，我们可以当成名词宽对来理解，但因为其中的"草"对"木"、"江"对"河"却是小类的工对，而诗人们当然倾向于工对的解释，所以对偶的方向就从上下之间悄悄移成了前后之间。于是有人就迈出了更大的一步：只要前后的单字是小类工对，上下联之间的词语词性虚实也可以不相同，如王维的著名诗句："江流天地外，山色有无中。"竟然可以用"天地"来对"有无"。

这种单字的前后自对，有一个专业名称叫互成对，在对联中应用十分广泛，例如，清代孙星衍自题联："莫放春秋佳日过；最难风雨故人来。"以"春秋"对"风雨"。再如清代孙大纲题岳阳楼联："四面湖山归眼底；万家忧乐到心头。"以"湖山"对"忧乐"。还有著名的大观楼长联，"喜茫茫空阔无边……叹滚滚英雄谁在"，用"空阔"来对"英雄"。这些都是互成对的例子。

在互成对的基础上，很容易就会发展到两字词语的自对，唐诗中也较为常见，对联的例子如郑板桥与韩镐论文："删繁就简三秋树；领异标新二月花。""删繁"与"就简"，"领异"与"标新"，分别自对。发展到后来，句中也可以有三字词语的自对，而且自对的词语之间可以连着，也可以由别的词语隔开。

词语的自对再向前发展，就形成了句子之间的自对。还有的联全联文字都由自对构成，如武汉古琴台联："志在高山，志在流水；一客荷樵，一客听琴。"之后，还发展出了有对联文体特色的更长句子的自对，如左宗棠题林则徐祠联："附公者不皆君子，间公者必是小人，忧国如家，二百余年遗直在；庙堂倚之为长城，草野望之若时雨，出师未捷，八千里路大星颓。"

自对还有一些走得更远的情况，一是不等量自对，王力先生《汉语诗律学》中说："如系五言，往往是上两字与下三字相对，如系七言，往往是上四字与下三字相对，这样，虽然字数上不相等，在意义上是颇工整的对仗。"如刘凤诰题济南大明湖联："四面荷花三面柳；一城山色半城湖。"再如清代彭元瑞自题联："何物动人，二月杏花八月桂；有谁催我，三更灯火五更鸡。"

二是两个分句以上的排比自对，三个分句的自对称为鼎足对，四个分句的自对称为连璧对。鼎足对的例子如左宗棠自题联："发上等愿，结中等缘，享下等福；择高处立，寻平处住，向宽处行。"连璧对的例子如著名的大观楼长联的尾句："莫辜负四围香稻，万顷晴沙，九夏芙蓉，三春杨柳；只赢得几杵疏钟，半江渔火，两行秋雁，一枕清霜。"

在自对的同时，上下联之间可以对偶，也可以不对偶，只要自对工整，上下联之间即使不对偶，也可以视为工对。

三、对联的声律

对联文体是从律诗和骈文衍生而来，之后再吸收了词曲等文体的句式特点，而律诗、骈文与词曲这些文体都存在着各自的声律要求，所以对联文体讲究声律，本是件自然而然的事情。想在对联创作中熟练掌握声律要求和技巧，只需弄清以下四个问题：区分平仄、划分节奏、安排平仄以及句脚平仄。

1. 区分平仄

清末普及新式语文教育后，教材中已经没有了平仄的概念，但我们学习汉语拼音时，还是会接触到汉字声调的知识，也就是说，所有的汉字都被分成一声、二声、三声、四声，或者称为阴平、阳平、上声、去声四个读音。我们把阴平和阳平合称为平声，上声和去声合称为仄声，所有的汉字就可以分为平声和仄声两类。

古代的对子歌不仅是学习对偶的教材，同时也是学习声律的教材，我们还以《笠翁对韵》的首段为例，用普通话朗读一下："天对地，雨对风，大陆对长空，山花对海树，赤日对苍穹。"

我们会发现，天是平声，地就是仄声；大陆是仄仄，长空就是平平；山花是平平，海树就是仄仄……这就体现了中国传统韵文中对于声律的讲究，也就是说对仗的基本讲究，除了词语意义分类上要相同，读音声调分类上却要相反。

但是，当我们继续向下朗读时，却会遇到"风高秋月白，雨霁晚霞红"这样的句子，我们用普通话去读，"红"是平声，相对的"白"也是平声，这又是怎么回事呢？原来，这是由于古代汉语读音与现代汉语读音的差异所造成的。古代汉语的声调并不是阴平、阳平、上声、去声四类，而是平声、上声、去声、入声四类，上、去、入三声称为仄声。但随着时代的变化，汉语的读音也发生了很大的变化，主要是平分阴阳，入派三声。就是说原来的平声字，分化成了阴平和阳平两类，而原来的入声却消失了，原来读入声的汉字，要么改读平声，要么改读上声和去声。入声改读上声和去声，对于汉字的平仄没有什么影响，但古入声字改读平声后，就造成了一些汉字在古代是仄声，到了现代却成了平声了，"白"字就是这样的例子，原来是入声字，属于仄声，但现代却改读阳平，成了平声字了。

对联是中国古典文学中的一种体裁，但却是尚未僵化、还在发展中的文体，在当今社会也应用广泛，所以我们在写作对联时，可以用古代的平仄标准，也可以用现代汉语的平仄标准，只要一副对联中不混用就行了，这就是我们所说的新四声与旧四声的双轨制。

2. 划分节奏

掌握了汉字的平仄声之后，接下来还要掌握对联语句的节奏划分，这样才能根据句中的节奏点来安排平仄声。

我们在说出一句话时，每个汉字并不是用均匀的时间间隔读出来的，有些字之间联系较紧一些，有些字之间则停顿较长一些，这样一连串的停顿，就形成了我们说话的节奏。

比如"我们在说出一句话时"这句话，就可以这样划分节奏：我们／在／说出／一句话／时。这种长短不一的节奏称为散文节奏；对于一般的讲究韵律的文体，它的节奏就要求相对整齐，比如我们念一句唐诗："窗含／西岭／千秋／雪。"基本上就属于两个字一个节奏，这可以称为诗歌节奏。我们的对联文体，以诗歌节奏为主，但也包含着少量的散文节奏，这就是对于对联的宏观定位。当代对联研究中，把诗歌节奏称为声律节奏，把散文节奏叫作语意节奏，我们的对联文体，也可以说实行的是这两种节奏形式的双轨制。

对联中还存在着一些介于律诗与散文之间的节奏形式，比如有的七言联句不是两个字一个节奏，而是前三个字独立形成一个节奏，后面四个字仍然两个字一个节奏，如励志联："能受苦／／乃为／志士；肯吃亏／／不是／痴人。"这类节奏形式在词曲中常见，我们称为词曲节奏。

正如我们开头所讲过的，对联文体因为出现较晚，得以吸收诗词曲、辞赋骈文、古文甚至白话的语体特点，形成了自己丰富多彩的节奏形式，为了方便叙述，我们就分别称之为律诗句式、骈文句式、词曲句式和古文句式。

3. 安排平仄

一个节奏单位，也称为一个音步，通常为两个汉字，有时也会是一个字或

三个字。每个节奏单位的最后一个字,称为节奏点,是必须讲究平仄的地方,非节奏点的字一般不用考虑平仄声调。

按节奏点来安排平仄的基本规则,就是本句之内,节奏点要一平一仄交替;上下联之间,要平对仄、仄对平;也就是说,需要同句相替,上下相对。

整个上联或整个下联的最后一个字,称为句尾,上联句尾必须用仄声,下联句尾必须用平声,这是铁的规定,不可违反。对联存在多个分句时,除句尾的其他分句的最后一个字,称为句脚。上下联对应的句脚,必须做到平仄相对;超过三个分句时,上联或下联的句脚须要有平仄的交替。

因为汉语的双音节词占据了很大的比例,古典文学的声律要求,倾向于每两个字一个节奏,不断向前重复,古人曾有"二字而节"的说法。启功先生把两平两仄不断交替延长的模型称为平仄竿,所有五言和七言律诗的句子都可以看成是从平仄竿上截取下来的,五言、七言律诗的句子不管语气上如何停顿,也必须要按221或2221的节奏来读,这称为格式化音步。由于是奇数句,最后一个字单独成为一个节奏。在这样的声律节奏中,第二、第四、第六字称为节奏点,必须讲究平仄,非节奏点的字可以不计平仄,关于律诗传统上有"一三五不论,二四六分明"的说法。如宅第春联:"但将忠厚培元气,唯有诗书发异香。"上联二四六字"将、厚、元"分别为"平仄平",下联二四六字"有、书、异"分别为"仄平仄",上下联的一三五字均不论,可平也可仄。

除了五言、七言律诗句式之外,四言、六言骈文句式一般也视为声律节奏,通常也是按二字一节来安排平仄的。如春联:"大地春晖,发自梅花香里;漫天喜讯,传来燕子声中。"上联节奏点"地、晖、自、花、里"分别是"仄平仄平仄",下联节奏点"天、讯、来、子、中"分别是"平仄平仄平"。其余奇数位的字均可不论平仄。

律诗句式和骈文句式同属于声律节奏,而词曲句式和古文句式则属于语意节奏。律诗句式是把一字节奏放在句尾,而词曲句式则是把一字节奏或三字节奏放到了句首,从而形成一四结构的五言句,如图书馆联:"藏/古今学术;聚/天地精华。"也可形成三四结构的七言句,如格言联:"能受苦/乃为志士;肯吃亏/不是痴人。"我们在论这副联的平仄时要读成三四结构,三五七字为节奏点:

能受苦//乃为/志士;(平仄仄//仄平/仄仄;)

肯吃亏//不是/痴人。(仄平平//仄仄/平平。)

若是按"能受/苦乃/为志/士；肯吃/亏不/是痴/人"这样两字一节论平仄，则是曲解了这副对联，也根本得不出正确的结论。

到了古文句式，会有一字和三字节奏出现在句子中间的情况，这时句子的节奏依然存在，只是因为长短不一，造成了节奏感很大程度上减弱了而已。一字节奏出现在句首和句中时，可以论平仄，也可以不论平仄。如曾国藩联："天下断无易处之境遇；人间哪得空闲的光阴。""之"和"的"就是出现在句子中间的一字节奏。

总之，在对联的平仄安排中，句尾最为重要，必须是上联尾字为仄，下联尾字为平，这是对联文体发展到今天通行的规则。虽然对联发展过程中出现过个别上平下仄的对联，如著名的岳麓书院大门联："惟楚有材；于斯为盛。"这些都是特定历史时期的特例，不可以效法。如果出现上下联尾字同平、同仄或上平下仄的情况，就突破了对联文体的底线，不成其为对联了。至于句中的节奏点，一般的要求是本句要一平一仄交替，上下联之间平仄相对。但在特殊情况下，上下联相对的重要性又大于同句间的交替，所以在一些散文化的句子里，也会出现不交替的情况，但上下联之间必须平仄相对，不交替只是轻微的"声病"，不相对则成了严重的"出律"。

4. 句脚平仄

两个分句组成的对联，上联第一分句一般安排成平声，上下联句脚和句尾形成"平仄；仄平"的格式。若是安排成"仄仄；平平"格式，也可以视为合律。

三个分句组成的对联，同边的句脚和句尾要有所交替，禁止形成"仄仄仄；平平平"的格式。如阮芸台题杭州贡院联："下笔千言，正桂子香时，槐花黄后；出门一笑，看西湖月满，东浙潮来。"其句脚平仄安排，上联为"平平仄"，下联为"仄仄平"。

四个分句以上的长联，因为创作和使用都比较少，这里只简单介绍一下基本的要求。

四个分句以上的对联，分句句脚平仄有所交替，或是隔两三句变化一下，即可视为合格。若是提高一些标准的话，有的作者会力求倒数第二分句句脚与

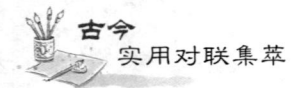

句尾平仄相反，这样读起来会更和谐一些。

多分句长联还存在着几种有规律的交替方式，如果能够做到，当然会使声律上更趋完美，有规律的交替分以下几种：

平仄单交替式：即单边各分句句脚采取一平一仄交替的方式。

平仄双交替式：即单边各分句句脚采取两平两仄交替的方式。

多平一仄式：上联除句尾为仄外所有句脚均以平收，下联反是。

分节粘接式：把长联按联意的表达分成若干节，每节短至一句，长至四句。节内各句脚一般为：一句平仄皆可，二句则一平一仄，三句则两仄一平或两平一仄，四句则按"仄平平仄"或"平仄仄平"。节与节之间相粘，即上一节最后的句脚与下一节第一个句脚同声调。

四、对联句式详解

1. 骈文句式

古代的骈文注重对偶声律，多以四字、六字相间成句，故称四六文，我们把节奏上两字一顿的四言句和六言句，称之为骈文句式。根据我们的基本规定：① 本句节奏点要平仄交替，上下节奏点要平仄相对。② 上联结尾要以仄声，下联收尾要以平声。③ 非节奏点上的字可根据行文自由安排平仄。

骈文句式的四言联，只有一种规范的格式：

平平／仄仄；
仄仄／平平。

因为只需要注意节奏点的平仄，我们标为：

平平／仄仄；（门心／皆水；）
仄仄／平平。（物我／同春。）

骈文句式的六言联，其实就是四言联前面增加平仄相反的两个字，所以也只有一种规范的格式：

仄仄／平平／仄仄；（竹雨／松风／琴韵；）
平平／仄仄／平平。（茶烟／梧月／书声。）

2. 律诗句式

我们可以把四六言的骈文句式当成一种基础模型，其他的节奏类型可以在这个基础上通过增加文字的方式推导出来。格律诗通常是五言和七言的，我们在四六言的基础上添加一个字，就可以得到五言、七言的句子，律诗句式加字的规则是："必须把单字添加在最后一个节奏的后面或前面，其平仄须与这一节奏相反。"

如果加在四言句最后一个节奏的后面，则会得到：

平平 / 仄仄平；
仄仄 / 平平仄。

因为对联文体规定上联必须以仄收尾，下联必须以平收尾，句内只需要注意节奏点的平仄，所以我们就上下颠倒一下，成为这种格式：

仄仄 / 平平 / 仄；（室雅 / 何须 / 大；）
平平 / 仄仄 / 平。（花香 / 不在 / 多。）

这是五言的律诗句式，要想得到七言的句式，只需要在前面加上两字一个节奏，平仄与前面的节奏相反：

平平 / 仄仄 / 平平 / 仄；（读书 / 养气 / 十年 / 足；）
仄仄 / 平平 / 仄仄 / 平。（扫地 / 焚香 / 一事 / 无。）

如果我们把单字添加在最后一个节奏的前面，加字后也必须遵守"两字一节"的节奏模式，则会得到五言律诗节奏的另一种句式：

平平 / 平仄 / 仄；
仄仄 / 仄平 / 平。

但在此时，我们还需要增加一条补充规定："律诗节奏句式的最后三个字，不得出现连续三个平声。"由于这条规定，原本可仄可平的第三个字，就不得不注意平仄了，于是就成为：

平平 / 平仄 / 仄；（风云 / 三尺 / 剑；）
仄仄 / 仄平 / 平。（花鸟 / 一床 / 书。）

说明：上联第三个字还可以稍微宽松些，因为唐诗中也出现过不少三仄尾，但下联第三个字就必须注意了。

想得到这种格式的七言句，同样是在第一个节奏前加上平仄相反的两个字：

仄仄/平平/平仄/仄；（自闭/桃源/称太/古；）
平平/仄仄/仄平/平。（欲栽/大木/拄长/天。）

所有的格律诗都是这两种句式的交替组合。在这里，我们要特别提出一种特殊情况，我们称之为律诗节奏的特定格式：在"平平平仄仄"句式中，可以三四两字的平仄互换，成为"平平仄平仄"，在调整时，第一个字则也须注意平仄，即：

平平/仄平/仄；（新年/纳余/庆；）
仄仄/仄平/平。（嘉节/贺长/春。）

3. 词曲句式

律诗句式添加的一个字必须加在最后一个节奏的前面或后面，如果我们把这个字添加在第一个节奏的前面或后面，会出现什么情况呢？

这样添加之后，就会得到我们所说的词曲句式，也就是"上一下四"或"上三下二"结构的五言句和"上三下四"结构的七言句。我们一步一步来推导：

在四言句第一个节奏的前面添加一个字，此时"二字而节"的规定就失效了，第一个字单独成为一个节奏，且可以不计平仄，即成为"上一下四"的五言句：

仄//平平/仄仄；（破//千年/旧俗；）
平//仄仄/平平。（开//一代/新风。）

如果单字加在第一节奏的后面，则倾向与第一个节奏融合，形成"上三下二"的五言句，这种句式与律诗句式很相似，仔细品味也有差别，对联中应用不多，我们只举大观楼长联的起句为例：

五百里/滇池，……
数千年/往事，……

对联文体中遇到三个字一个节奏的情况,我们可以在节奏之内再细分一下,如果是"一二"结构,则只注意第三字平仄即可,但是在"二一"结构时,最好还是把第二个字的平仄也注意一下。所以"上三下二"句式的平仄一般为:

仄仄仄／平平;
平平平／仄仄。

在六言句的第一个节奏前面或后面,加上一个字,则会成为"上三下四"结构的七言句,如:

平／仄仄／／平平／仄仄;(能／受苦／／方为／志士;)
仄／平平／／仄仄／平平。(肯／吃亏／／不是／痴人。)

仄仄／平／／平平／仄仄;(宽厚／留／／有余／地步;)
平平／仄／／仄仄／平平。(和平／养／／无限／天机。)

到此,我们就穷尽了从在骈文句式基础上加字的所有可能性,并得出了律诗句式与词曲句式的所有规范格式。词曲句式其实与律诗句式差不多是镜像的关系,从后向前看词曲句式,与律诗句式一模一样。认识到这个有趣的现象,有助于我们区别和牢记这些句式。

4. 古文句式

刚才我们从一个"平平仄仄"的四言句,推导出骈文句式、律诗句式和词曲句式的所有格式,可以说是自成体系,内在逻辑严密,模型简洁、完整,便于记忆理解,也便于掌握。

但是,由于对联是融合了各种语体风格,处在韵文与散文之间但更偏向于韵文的文体,所以在以上那些常见的句式之外,还有一些貌似缺乏规律性的特殊句式,这主要就是散文句式。风格包括古代散文、现代白话文和口语。

散文句式不再严格遵守"二字一节"的节奏模式,而是呈现出一字节奏、二字节奏、三字节奏随意组合的情况,如:

人生／得／一知己／足矣;
斯世／当／以同怀／视之。

古文句式中有时还会嵌入个别不宜拆分的四音节甚至更长的词组或短语，以突出古文跌宕起伏的节奏特点。如：

当年/有/痛哭流涕/文章，问/西京/对策/孰优，惟/董江都/后来/居上；
今日/是/长治久安/天下，喜/南楚/故庐/无恙，与/屈大夫/终古/相依。

传世楹联的语言节奏，实际上表现出多姿多彩的形式，作者可以把各类节奏形式交错使用，骈散结合，自对和互对参差错落，以避免语句的平板单调，涵雍容之度，蕴风流之致，达到跌宕起伏、张弛有度的艺术效果。比如很多作者喜欢采用古文节奏开头，继以词或骈文句式铺垫承接，最后结于坚实整饬的七言律句，像吴汝纶联：

泛/洞庭湖/八百里/秋波，挂席/来游，三楚/风涛/携袖/底；
邀/太白楼/一千年/明月，凭栏/远眺，六朝/烟景/落樽/前。

5. 逗与领字

逗与领字，在古代杂言诗和唐代七言古诗中偶然有出现，如陈子昂《登幽州台歌》中的"念天地之悠悠"，"念"字后面停顿，统领了全句。再如李白《将进酒》："君不见黄河之水天上来，奔流到海不复回。"这里的"君不见"三字，统领了后面的两个分句。

在句式整齐的格律诗中，不存在逗与领字，但在后来的词和曲中却大量出现，所以逗和领字也可以算是词曲句式的一个特征，但它们不是独立的句子，只依附于别的句式而存在，但在句子中它又显得相对比较独立，逗和领字后面的停顿，要长于一般节奏之间的停顿。

逗，是词曲中常见的句式，就是一句之中的第一个字必须停顿，然后带出后面的全句，这字通常为仄声，又称一字逗。最常出现的一字逗，是我们前面介绍的词曲句式中"上一下四"的五言句，其第一个字就是我们说的"逗"。当然，也存在着逗后面带领更长句子的情况，如柳永的"对潇潇暮雨洒江天"，就是一字逗带领七字律句。

四言对联中有一些"上一下三"结构的，可以视为带领字数最少的逗，如包世臣赠丁宴：

友 / 天下士；
读 / 古人书。

对联中也是"上一下四"的逗最多，如清代吴青题无锡惠山联：

得 // 山水 / 清气；
极 // 天地 / 大观。

统领更长句子的对联也有不少，如明代任环自题联：

充 // 海阔 / 天空 / 之量；
养 // 先忧 / 后乐 / 之心。

赵少琴自题联：

读 // 历代 / 名臣 / 言行 / 录；
考 // 天下 / 郡国 / 利病 / 书。

梅宝璐题天津旧鼓楼：

高敞 / 快登 / 临，看 // 七十二沽 / 往来 / 帆影；
繁华 / 谁唤 / 醒，听 // 一百八杵 / 早晚 / 钟声。

在多分句的对联中，适当插入一字逗，可以起到调整节奏感的功效，如清代叶酉自题联：

绕屋树千章，忆 // 童子 / 钓游 / 时，某水某丘，似向梦中初化蝶；
堆床书万卷，待 // 先生 / 归去 / 日，一觞一咏，肯教海上独惊鸥。

此联前两个分句均为五言句，并列起来就会有句式呆板之弊端，但第二分句前加了一字逗，就使整个句式灵动了起来。

领字，又称领格字，也是词曲中常见的句际组合形式，就是用一个、两个或三个字，统领带出下面两个自对分句或三个以上排比自对分句，分别称为一字领、二字领和三字领。有时领字后面不带领自对分句，而是带着两个以上句式相类的短句。逗只带领一句，而领字则至少要带两句以上。含有领字的句群结构有点类似数学中合并同类项的算式：$xa + xb = x(a + b)$，后面的分句都要在领字的管辖之下。

一字领，如清代胡敬题安徽采石矶太白楼：

公昔登临,想//诗境满怀,酒杯在手;
我来依旧,见//青山对面,明月当头。

二字领,如明代胡居仁自题联:

苟有恒,何必//三更眠五更起;
最无益,莫过//一日曝十日寒。

三字领,如清代彭玉麟题杭州西湖平湖秋月联:

凭栏看/云影/波光,最好是//红蓼/花疏,白蘋/秋老;
把酒对/琼楼/玉宇,莫辜负//天心/月到,水面/风来。

有时,领字后面不是自对的句子,而是句型相近、语气连贯的两个句子,如清代彭玉麟题广州越秀山镇海楼联:

万千劫/危楼/尚存,问谁//摘斗/摩霄,目空/今古;
五百年/故侯/安在,使我//倚栏/看剑,泪洒/英雄。

节令对联

- 通用春联
- 专用春联
- 农历节日联
- 公历节日联

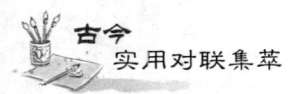

通用春联

传统春联

一夜连双岁　　　　　　　　　　山水含芳意
五更分二年　　　　　　　　　　风云入壮图

人心新岁月　　　　　　　　　　万方春浩荡
春意旧乾坤　　　　　　　　　　四海镜澄明

人同天地泰　　　　　　　　　　山河新气象
物与岁华新　　　　　　　　　　诗礼旧家声

人杰钟山秀　　　　　　　　　　云烟开锦绣
春融起物华　　　　　　　　　　草木焕文章

人居仁里日　　　　　　　　　　云霞出海曙
天放锦城春　　　　　　　　　　梅柳渡江春

人望长生域　　　　　　　　　　太平真富贵
天开不老春　　　　　　　　　　春色大文章

人随春意泰　　　　　　　　　　五云迎晓日
年共晓光新　　　　　　　　　　万福集新春

万户晓光曙　　　　　　　　　　五福生春日
千门淑气新　　　　　　　　　　三多祝太平

风光行处好
云物望中新

风来花自舞
春入鸟能言

风暖日光丽
气清天宇高

世德家声旧
春光雨露新

世德振麟趾
家声焕凤毛

东风扇淑气
水木荣春晖

四序开新祚
九州庆瑞年

四海春风洽
千年夏历长

地接楼台近
天垂雨露新

吉门沾泰早
仁里得春多

岁至千祥至
春来万福来

岁酒梅花酿
春衣燕子裁

岁新绵甲子
德厚富春秋

年鸡催腊尽
社燕诗春回

华封三祝愿
天保九如多

华堂来紫燕
乔木倚青云

庆云飞五色
瑞气绕三台

庆洽时方泰
阳回物自和

旭日临门早
春风及第先

问历桃为岁
吟梅句带香

江山千古秀
花木四时春

江山飞丽藻
花柳发韶年

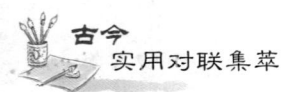

池上莺声早　　　　　　　帖写宜春字
风前草色初　　　　　　　诗题颂岁词

阳春开物象　　　　　　　忠厚传家久
丽日焕天文　　　　　　　诗书继世长

红入桃花嫩　　　　　　　和气氤氲合
青归柳色新　　　　　　　卿云烂漫浮

红梅开岁早　　　　　　　和风先动柳
紫燕送春来　　　　　　　细雨正调梅

远山含紫气　　　　　　　和风动淑气
芳树发春晖　　　　　　　玉树发新枝

把酒寻今是　　　　　　　诗书承旧业
观书知昨非　　　　　　　箫鼓庆丰年

杨柳春风第　　　　　　　承家传旧德
芝兰玉树阶　　　　　　　献岁启新猷

花开春富贵　　　　　　　春为一岁首
竹报岁平安　　　　　　　梅占百花魁

花随春意发　　　　　　　春风增气色
年共晓光新　　　　　　　丽日发光华

芳室芝兰茂　　　　　　　春光遍草木
春风桃李香　　　　　　　瑞气溢门庭

画楼闻燕语　　　　　　　春城回北斗
红树听莺声　　　　　　　烟树发南枝

春浮花气远　　　　　　送寒余雪尽
晴霁鸟声繁　　　　　　迎岁早梅新

春情寄柳色　　　　　　桂兰舒化日
日影泛槐烟　　　　　　桃李笑春风

柳烟笼岸碧　　　　　　莺鸣金谷晓
草色入帘青　　　　　　花泛锦城春

柳塘春水漫　　　　　　通衢春有象
花坞夕阳迟　　　　　　比户岁增华

草生三径绿　　　　　　梅香先及第
山拥万峰青　　　　　　柏酒并开樽

草芽随意绿　　　　　　雪压梅花白
柳眼向人青　　　　　　春归柳色青

曼曰人渐老　　　　　　笛弄梅花曲
犹爱物皆春　　　　　　莺啼杨柳风

重华歌复旦　　　　　　淑气凝芳草
四境乐熙春　　　　　　春风拂玉枝

修身如执玉　　　　　　琴书千古意
积德胜遗金　　　　　　花木四时春

剑气冲霄汉　　　　　　琴清月当户
文光射斗牛　　　　　　花香春满庭

斯文逢盛世　　暖入江山丽
景祚启昌期　　光浮草木新

辉光遍草木　　福祉隆仁里
佳气满山川　　祯祥萃德邻

腊雪培元气　　福临君子地
春风鼓太和　　天相吉人家

普天开景运　　群生游化宇
遍地转新机　　一室坐春风

普天皆化日　　韶光开令序
四海尽春风　　淑气动芳年

寒消图九九　　韶光浮九陌
春到泾三三　　淑气著群芳

寒雪梅中尽　　韶华光宇宙
春风柳上归　　喜气溢门闾

富贵三春景　　德门生瑞草
平安两字金　　瑶圃茁琼花

楼台花上下　　德门膺厚福
帘幕燕东西　　仁里乐长春

勤俭方为业　　德泽芳春永
平安即是春　　祥门化日长

雷鸣龙启蛰　　芝草满庭吐秀
泥暖燕衔春　　杏花遍地生香

花发满城锦绣
春生大地文章

柏酒醉辞旧岁
椒花香献新春

桃红复含宿雨
柳绿更带朝烟

梅萼先传信至
桃符新换春来

绿水青山不老
尧天舜日长春

一门天赐平安福
四海人同富贵春

一天雨露千门晓
万里风云四海春

一冬无雪天藏玉
三春有雨地生金

一百五日寒食雨
二十四番花信风

九万里风斯在下
八千年木自为春

九天日月开昌运
万里风云起壮图

九天日月开新运
万国笙歌醉太平

九天日暖江山秀
万国春融雨露新

九天凤历开新岁
万国莺花报晓春

九天雨露三春暖
满泾桃花十里红

人心共诗三阳至
天意重教万物新

人逢治世居游乐
运际阳春气象新

几点梅花添逸兴
数声鸟语助吟怀

又是一年春草绿
依然十里杏花红

三春天地回元气
一统山河际太平

才见早春莺出谷
更逢晴日柳含烟

大块文章还假我
十分春色总宜人

万井楼台凝锦绣　　　天将化日舒清景
百般红紫斗芳菲　　　室有春风聚太和

万户天开金谷晓　　　天赐与一门吉庆
百年人醉玉楼春　　　春送来两字平安

万户春风陶礼乐　　　天增岁月人增寿
百年世业绍箕裘　　　春满乾坤福满门

万国云霞开锦绣　　　云开日月临青琐
三春桃李焕文章　　　风卷烟霞上紫微

万象回春沾雨露　　　云呈五色文明盛
五云捧日灿烟霞　　　运际三阳气象新

山川图画今连古　　　云影天光千古秀
人物春风旧转新　　　花香鸟语四时春

山河巩固千春艳　　　五风十雨皆为瑞
日月昭回一气新　　　万紫千红总是春

千门共贴宜春字　　　五福喜临君子地
万户同悬换岁符　　　三星并耀吉人家

门外春阴鸠唤雨　　　日月光华歌复旦
庭前日暖燕翻风　　　云霞灿烂乐长春

门绕云霞光彩耀　　　日丽远山含淑气
堂悬日月吉星临　　　晴烘芳树蔼春晖

天上碧桃新绽露　　　日暖池冰初破玉
人间仙李旧蟠根　　　阳回庭柳遍垂金

日暖阳春辉宝历
风和淑气蔼衡门

鸟去鸟来山色里
人歌人笑水声中

日融花发春光好
雨润茵铺草色新

鸟识新机随日至
燕寻旧主带春来

中天气运回龙驭
华国文章起凤毛

礼门义路家声好
智水仁山气象新

化育喜沾春富贵
康宁永庆岁升平

礼乐幸逢全盛日
梓桑俱是太平人

气清更觉山川近
心远从知宇宙宽

吉星高照平安宅
福曜常临积善家

风带莺声穿曲巷
春移柳色度重帘

芝兰自启山川秀
松柏长留天地春

风暖琪花红入座
春深瑞草绿侵阶

芝兰得气一门秀
桃李成荫四海春

斗柄建寅推岁首
梅花送腊占春魁

百年天地回元气
一统山河际太平

未将柏叶簪新岁
且把梅花叙隔年

百福尽随新节至
千祥俱自早春来

龙飞凤舞升平世
燕语莺歌锦绣春

向阳门第春常在
积善人家庆有余

旧历用完知腊尽
醇醪才熟报春回

旭日晓含珠树影
和风晴护锦堂春

宅近青山同谢朓
门垂碧柳似陶潜

红梅枝上传春信
黄鸟声中送好音

运际升平人共乐
气当和淑鸟知春

芙蓉夜月开天镜
杨柳春风拥画图

芳草春回依旧绿
梅花时到自然香

两轮日月书中尽
一岁光阴物外回

里有仁风春色溥
家余德泽吉星临

但将忠厚培元气
唯有诗书发异香

青山不语花长笑
流水无声鸟作歌

松竹梅岁寒三友
天地人一体同春

松竹梅岁寒三友
桃李杏春暖一家

佳气葱茏仁寿域
春光烂漫吉祥花

金莺织柳天开晓
玉鹊衔梅户纳春

金璧光生银汉晓
芝兰香蔼玉堂春

河清海晏金瓯固
鸟语花香玉烛调

春开吉第晖晴旭
秀启名门护晓云

春风杨柳鸣金马
晴雪梅花照玉堂

春风送绿扫杨柳
细雨飞红上碧桃

春风掩映千门柳
暖雨晴开一泾花

春生瑞霭笼仁里
日拥祥云护德门

春回禹甸山河外
人在尧天雨露中

春色寄梅舒白玉
莺声催柳绽黄金

春来也鱼龙变化　　　　　　　腊去已生欢喜草
时至矣桃李芳菲　　　　　　　春来多种吉祥花

春到门阑舒柳眼　　　　　　　瑞日芝兰光甲第
声传巷曲啭莺簧　　　　　　　春风棠棣振家声

春秋消息花千树　　　　　　　瑞日祥云弥宇宙
天地盈虚水一池　　　　　　　春风和气满乾坤

柏酒生香樽泛碧　　　　　　　瑞气常钟君子室
桃符换岁帖书红　　　　　　　福星高照吉人家

柏酒椒盘开寿域　　　　　　　瑞绕重门增百福
兰英桂蕊长春台　　　　　　　春回甲第集千祥

荆树有花兄弟乐　　　　　　　暖风吹绿长春草
书田无税子孙耕　　　　　　　淑气催红及第花

逢人尽作衣冠客　　　　　　　新蒲细柳皆春色
到处皆成揖让风　　　　　　　紫燕黄莺俱好音

酒饮屠苏人运泰　　　　　　　爆竹声中辞旧岁
时逢端始物华新　　　　　　　梅花香里报新春

家居化日光天下　　　　　　　凤纪书元，人间改岁
人在春风和气中　　　　　　　鸡声告旦，天下皆春

梅花数朵传春信　　　　　　　麒麟凤凰，皆为世瑞
爆竹千声换岁华　　　　　　　芝兰玉树，自应家证

最养百花唯晓露　　　　　　　甲第宏开，九天新雨露
能生万物是春风　　　　　　　门庭不改，千古旧江山

淑气自天来，春融丽景
祥光随岁转，瑞霭和风

世转尧天，丽景和风光院宇
运逢舜日，祥云瑞气蔼门庭

爆竹两三声，人间是岁
梅花四五点，天下皆春

画栋连云，燕子重来应有异
笙歌遍地，春光长驻不须归

入户问家声，礼乐诗书孝悌
卷帘看春色，椿萱棠棣芝兰

时代春联

田园无限美
山河分外娇

春风拂柳绿
时雨润桃红

生意春前草
财源雨后泉

春光回大地
喜气到人间

同心兴大业
携手振中华

雪拥梅花白
春归柳色青

创千秋大业
树一代新风

春雨春风春色
新年新岁新人

兴邦多壮志
盛世足风流

一元二气三阳泰
四时五福六合春

苍松随岁古
绿竹与年新

人世间光阴最贵
家庭内勤俭当先

大地春光红艳艳　　　　　　今日遍栽桃李树
神州佳节乐陶陶　　　　　　他年尽做栋梁材

大有作为新岁月　　　　　　月满一轮耀宇宙
无边春色好江山　　　　　　梅香千里到门庭

大好河山开盛纪　　　　　　为民常具青云志
风流人物看今朝　　　　　　报国永怀赤子心

山呈虎踞龙盘象　　　　　　龙腾虎跃人间景
人过莺歌燕语年　　　　　　鸟语花香天下春

山清水秀风光好　　　　　　四海皆春春不老
人寿年丰喜事多　　　　　　九州同乐乐无穷

山清水秀春常在　　　　　　冬去堂前迎紫燕
人寿年丰乐无边　　　　　　春来枝上舞黄莺

门外春光万千景　　　　　　吉地祥光开泰运
窗前红杏三五枝　　　　　　重门旭日耀阳春

云灿星辉皆是瑞　　　　　　华夏有天皆丽日
湖光山色最宜春　　　　　　神州无处不春风

五湖四海皆春色　　　　　　合家和睦春晖暖
万水千山尽朝晖　　　　　　举国安宁气象新

日丽神州彩凤舞　　　　　　花迎喜气皆含笑
霞飞华夏巨龙腾　　　　　　鸟识欢声亦解歌

水色山光皆画意　　　　　　芳草自含三日雨
花香鸟语是诗情　　　　　　梅花先报一枝春

更移旧俗成新俗　　　　　　　雪化红梅呈异彩
奋发今年胜去年　　　　　　　春回芳草发新芽

时雨送来千里绿　　　　　　　喜看春日花千树
春光不让一人闲　　　　　　　笑饮丰年酒一杯

青松别具三分景　　　　　　　旗展五星光日月
红梅争报万家春　　　　　　　花开四季丽山川

青春有限志无限　　　　　　　一代英豪，九州生气
岁月无情人有情　　　　　　　八方锦绣，四季呈祥

忠厚一生嫌善少　　　　　　　万紫千红，百花争艳
平安二字值钱多　　　　　　　五湖四海，一体同春

国家有道百姓乐　　　　　　　爆竹一声，人间改岁
天地无私万物荣　　　　　　　梅花数点，天下皆春

和顺一门生百福　　　　　　　扬鞭跃马，奋创千秋业
平安二字值千金　　　　　　　励志攻关，更上一层楼

鱼跃碧海夸海阔　　　　　　　大地春晖，发自梅花香里
鸟飞蓝天颂天高　　　　　　　漫天喜讯，传来燕子声中

春随芳草千年艳　　　　　　　上上下下，男男女女，
人与梅花一样清　　　　　　　老老少少，都添一岁
　　　　　　　　　　　　　　家家户户，说说笑笑，
咬定牙关尝世味　　　　　　　欢欢喜喜，同过新年
放开眼界看春花

黄鸟声中迎淑气
红梅枝上报春光

专用春联

生肖春联

子鼠

灵鼠跳枝月晃影
春牛犁地谷生香

银花火树迎金鼠
海味山珍列玉盘

丑牛

中天星彩腾奎壁
此地人文射斗牛

数声牧笛传新曲
四野耕犁试早春

鼠去牛来闻虎啸
民殷国富看龙飞

寅虎

牛耕绿野千仓满
虎啸青山万木荣

江山一统腾龙日
岁月三春入虎年

奋鹏程齐抒壮志
迎虎岁同谱新篇

卯兔

常在蟾宫攀桂树
又临禹甸送丰年

深山虎啸雄风在
绿野兔驰好景来

喜对良宵玩玉兔
笑同胜友赏新春

辰龙

十亿神州春日起
千秋华夏巨龙飞

三春化雨播龙种
十亿神州起凤毛

辰年迪吉千重瑞
龙岁呈祥四季宁

巳蛇

大泽龙伏藏远志
莽原蛇蜕蕴生机

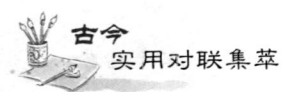

山舞银蛇春烂漫
路驰骏马景妖娆

蛇吐宝珠辞旧岁
龙含瑞气贺新春

午马

大道扬鞭驰骏马
高天振翼展雄才

世上岂无千里马
人中难得九方皋

芳草有情皆碍马
好云无处不描天

未羊

百凤迎春朝晓日
五羊衔穗兆丰年

草肥水甜牛羊壮
人杰地灵稻谷香

醴水甘醇夸美酒
羊毫柔软写红联

申猴

雪消门外千山绿
猴到人间万户春

猴山花果红如锦
瑞地禾苗绿似茵

满园春色关不住
两岸猿声报喜来

酉鸡

金鸡一唱千门晓
绿柳千条四海春

紫燕旋飞寻旧宇
金鸡高唱贺新年

雄鸡一唱鸣春晓
喜鹊双飞报佳音

戌狗

犬卧阶前知地暖
鹊登梅上唱春明

鸡鸣天上登仙境
犬入云中唤宝山

雄犬偏能欺得虎
黄沙自可变成金

亥猪

天好地肥春更好
猪多粮盛福还多

猪子一身皆是宝
亥年万事俱呈金

景象承平开泰运
金猪如意获丰财

干支春联

甲子
甲兵永戢书康乐
子庶同歌世太平

甲孚杨柳春光暖
子结梅花岁序新

乙丑
乙丝抽拔才无尽
丑津遁环岁不穷

才饮甲子丰收酒
又扬乙丑跃进鞭

丙寅
丙穴鱼游春献瑞
寅阶虎拜乐扬庥

丙部琳琅春馥郁
寅宾璀璨日光华

丁卯
丁字帘垂春昼永
卯刚玉刻汉时珍

丁帘卷雨饶春意
卯酒盈杯乐岁华

戊辰
戊与茂通万物育
辰因芳著四时春

戊雨一犁春水足
辰星几点惠风和

己巳
己克去私颜子学
巳为修禊永和年

己唯能克人心净
巳以上名天气新

庚午
庚有后先占大易
午分上下仰中天

庚晨日暖长春树
午院时开次第花

辛未
辛夷花蕾迎春意
未易才成济世人

辛椒式颂春光丽
未艾方兴福日长

壬申
壬人绝迹贤才出
申命自天幸福多

壬为巧令人宜远
申报频仍岁屡丰

癸酉
癸水绕城春意活
酉溪近舍夏凉生

癸探源溯东西水
酉贮书分大小山

甲戌
甲帐丹楹瞻壮彩
戌年赤壁纪清游

甲第张灯光吉庆
戌时焕彩乐祯祥

乙亥
乙木正逢三月雨
亥禾独占四时春

乙祥长发证玄鸟
亥算永年纪绛人

丙子
丙吉问牛识大体
子房进履见奇才

丙鼎纪年歌乐岁
子房借箸奏奇猷

丁丑
丁年壮盛精神健
丑建阳和气象新

丁香结子绸缪意
丑纽回春岁序新

戊寅
戊饮鸡豚逢旧社
寅阶莺燕报新年

戊夜观书少年志
寅恭将事昔贤箴

己卯
己背文成辉绣黻
卯门春启景繁华

己黼成文瞻绚丽
卯门启瑞乐阳和

庚辰
庚日当晴游子乐
辰星多曜太平年

庚伏天炎思夏屋
辰居日暖乐春台

辛巳
辛训为勤阴惜寸
巳名以上月重三

辛盘献颂歌元旦
巳日赋诗宴曲江

壬午
壬日歌诗须纵酒
午风延爽共披襟

壬林春暖椒花颂
午院风和槐荫清

癸未
癸父旧铭商鼎篆
未央长乐汉宫春

癸年游览群贤集
未雨绸缪古圣勤

甲申
甲兵净洗太平象
申日多暇燕居时

甲帐弘开春似海
申居安靖日如年

乙酉
乙抽妙绪丝千缕
酉庆丰年谷万仓

乙藜光照分天禄
酉谷年丰成岁功

丙戌
丙穴探奇鱼入馔
戌秋作赋鹤横江

丙鼎镌铭永宝用
戌年作赋两清游

丁亥
丁岁勤修励壮志
亥年纪算享遐龄

丁香结子三春暖
亥麦开花四月初

戊子
戊日东村喧社鼓
子云西蜀有园亭

戊日选吉开春社
子舍承欢舞彩衣

己丑
己躬厚责功修密
丑腊回春气象新

己腊太高证寿考
丑星右转识春回

庚寅
庚分先后占周易
寅建古今从夏时

庚同路隔梅传讯
寅瑄春调椒献盘

辛卯
辛夷迎日花盈树
卯饮当筵酒满卮

辛盘献瑞迎新岁
卯饭生香乐有年

壬辰
壬岁泛舟凌万顷
辰枢立极拱群星

壬政颂声腾北郭
辰阳佳气满东都

癸巳
癸文鼎铭遗文在
巳日觞流佳话传

癸蚀残铭存古鼎
巳思修禊到名亭

甲午
甲宅云屯连夏屋
午窗日暖挹春晖

甲帐茶烟风静后
午栏花韵雨晴初

乙未
乙书快睹平安字
未老消除富贵心

乙藜燃照光普遍
未艾方兴日正中

丙申
丙穴探奇惊改岁
申池垂钓度芳辰

丙宫式焕朱明象
申浦长留黄歇名

丁酉
丁水潮生鸥鸟至
酉溪春涨鳜鱼肥

丁沽桥边春水活
酉山穴里古书香

戊戌
戊日出车歌大吉
戌秋泛棹趁良宵

戊春双燕寻巢至
戌年一鹤横江来

己亥
己无雕琢天然品
亥有扶摇自在身

己过必改君子德
亥算无疑老人年

庚子
庚会一堂联旧雨
子规三月恋春晖

庚梦入怀证吉兆
子房借箸展奇谋

辛丑
辛盘岁献椒花颂
丑腊春回爆竹声

辛盘作颂椒花献
丑腊回春梅蕊阁

壬寅
壬岁泛舟秋夜乐
寅春协津夏时行

壬林合上三多颂
寅计勿亏一篑功

癸卯
癸岁兰亭曾作序
卯时柏酒共衔杯

癸鼎凝釐同夏铸
卯门纳福受春风

甲辰
甲第宏开莺唤醒
辰山高耸燕飞来

甲第春花开富贵
辰州慈竹报平安

乙巳
乙地年来饶稼穑
巳山春早放梅花

乙照校书天禄阁
巳怀修禊永和年

丙午
丙穴潮声增浪势
午晴花韵斗春妍

丙鼎香纹风细细
午阑花影日迟迟

丁未
丁壮年中生意满
未央宫里好春多

丁松入梦春方永
未艾方兴日正长

戊申
戊社嬉春宜醉饮
申邦弭乱乐还归

戊运顺时能茂物
申生降岳早钟灵

己酉
己力克私求复礼
酉山探秘得藏书

己过严防三鉴照
酉占吉兆一年丰

庚戌
庚邮喜信从天降
戌土中央合地支

庚星不亚三更月
戌土能为九仞山

辛亥
辛运重光迎吉岁
亥年元旦贺新春

辛苦图切成伟业
亥步所至任遨游

壬子
壬年月夜游思昔
子舍云初祈自今

壬林锡嘏宾筵乐
子弟攻书世泽长

癸丑
癸父镌铭留宝鼎
丑年修禊集兰亭

癸爵留铭宜宝用
丑牛应运服春耕

甲寅
甲兵净洗清时运
寅琯新调大地春

甲第连云瞻夏屋
寅宾出日际春辰

乙卯
乙丝万绪抽思妙
卯酒三杯引兴长

乙思抽丝文入妙
卯时饮酒兴还佳

丙辰
丙方居五行正位
辰旦是一岁吉星

丙鼎焚香薰绣户
辰旗焕彩耀枢垣

丁巳
丁溪水曲源头远
巳日春长禊事修

丁溪萍水逢知己
巳节兰亭访故人

戊午
戊日迎神喧社鼓
午风解愠奏薰琴

戊日燕来春正好
午风鸟语昼方长

己未
己出文章堪宝贵
未来岁月正绵长

己意须将人意体
未然宜作已然思

庚申
庚呼永息丰年庆
申戌无歌乐岁安

庚星献瑞开诗境
申年祝福展画屏

辛酉
五辛盘献新年颂
二酉山藏太古书

辛店人沽春酒暖
酉山天放夜珠来

壬戌
壬水北方应玄武
戌宫中土照黄昏

壬符身佩朱书吉
戌岁人怀赤壁游

癸亥
癸辛杂识编周密
亥豕讹文正卜商

癸呼永息安天壤
亥步周章定地舆

农历节日联

元宵节

一曲笙歌春似海
千门灯火夜如年

万里河山铺锦绣
满城弦管乐升平

一帘春色门垂柳
万斛珠光地涌莲

火树光腾城不夜
银花焰吐景长春

十二楼台春旖旎
三千世界夜光明

玉宇无尘一轮月
银花有艳万点灯

十里管弦天不夜
万家歌舞日重华

玉烛长调千门乐
花灯遍照万户明

万户春灯报元夜
一天晴雪兆丰年

灯火交辉元夜里
笙歌簇拥月明中

万户管弦歌盛世
满天焰火耀春光

明月皎皎千门秀
华灯盏盏万户春

万里阳和春有脚
一年光景月当头

明烛送来千树玉
彩云移下一天星

雪月梅柳开春景
花灯龙鼓闹元宵

街头灯影逐花影
村中梅香伴酒香

笙歌声拂长春地
星月光回不夜天

焰火满城花市里
管弦一带舞台中

淑气鸿喜家家乐
彩灯春花处处新

溶溶月夜连灯市
霭霭春光满夜城

晴空一镜悬明月
夜市千灯照碧云

春社节

鸡豚上戊
莺燕东风

杖鸠人半醉
梁燕客初来

棠梨花盛
桑柘影斜

田间桑柘晴烟绿
村畔枌榆夕照红

枫林鼓响
茅屋鸡鸣

聚乐鸡豚喧里叟
倾忱壶酒祝田神

社公善作雨
戊酒好治聋

桑柘荫中，认来新燕
枌榆社里，扶得醉人

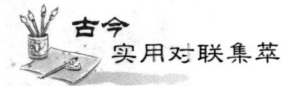

花朝节

玉楼人半醉
金谷烛高烧

嫩日晴烘桃叶节
春风暖送卖饧箫

春色枝头绿
山光一派红

春色二分,及时延赏
韶华三月,次第来游

寒尽桃花嫩
春归柳叶新

柳岸浓烟,时临淑景
杏园斜日,节届良辰

二月芳辰多胜景
百花诞日是今朝

茶鼓喧晴,饧箫吹暖
花魂梦蝶,树影藏莺

唐代戏传扑蝶会
蜀都歌绕育蚕人

上巳节

兰亭修禊
曲水流觞

洛水游如昨
山阴迹未陈

桃花水涨
杨柳旗开

启宴曲江留韵事
舞雩沂水送春风

故事修春禊
新诗纪乐游

狂歌好继陶彭泽
雅集犹传晋永和

杨柳旗开，桃花浪涨 　　　修竹抱山，春亭映水
兰亭地胜，曲水人来 　　　幽兰得地，虚室当风

沂水舞雩，童冠咸集
兰亭修禊，少长皆来

寒食节

冷节传榆火 　　　　　　寒食雨传百五日
前村闹杏花 　　　　　　花信风来廿四春

恻介推而禁火 　　　　　禁火今年逢节早
帐崔护之题门 　　　　　飞花镇日为谁忙

杨柳旌旗春色晓 　　　　广市卖饧，箫声吹暖
海棠时节曙光新 　　　　前村禁火，雨意催晴

相逢马上纷桃雨 　　　　春回大地，九千万里寒食雨
喜见树前闹杏花 　　　　日暖神州，二十四番花信风

寒食芳辰花烂漫 　　　　百六日佳晨，杏酪榆羹何处梦
中秋佳节月婵娟 　　　　廿四番花信，石泉槐火为谁新

清明节

春风重拂地 　　　　　　烟景催槐叶
佳节倍思亲 　　　　　　风期数楝花

三月光阴槐火换　　　　　槐火光阴春替换
二分消息杏花知　　　　　杏花消息雨传知

年年祭扫先人墓　　　　　睹物思亲常入梦
处处犹存长者风　　　　　训言在耳犹记心

每思祖国金汤固　　　　　杏酪榆羹，当来次第
常忆英雄铁甲寒　　　　　石泉槐火，梦到赏时

流水夕阳千古恨　　　　　柳苑飞花，杏村沽酒
春风落日万人思　　　　　桐花吐艳，榆火分新

继往开来追壮志
光前裕后慰英灵

端午节

花开石榴节　　　　　　　艾叶如旗招百福
门插艾叶时　　　　　　　菖蒲似剑斩千妖

保艾思君子　　　　　　　堂前萱草舒眉绿
依蒲祝圣人　　　　　　　石上榴花照眼红

酒酌金卮满　　　　　　　绿艾悬门添藻彩
盘盛角黍香　　　　　　　青蒲注酒益芬芳

艾人驱瘴千门福　　　　　榴花彩绚朱明节
碧水竞舟十里欢　　　　　蒲叶香浮绿醑樽

榴裙萱黛增颜色
艾酒蒲浆记岁华

端午池莲花解语
夏晨岸柳鸟能言

节启朱明，榴圆献瑞
辉增翠葆，艾绶翔华

画鼓朱旗，锦标齐夺
香罗细葛，纱服新成

画鼓朱旗，锦标竞夺
粉团角黍，绮序欣逢

令节届天中，处处辉增艾绶
良辰逢地腊，家家乐饮蒲觞

美酒雄黄，正气独能消五毒
锦标夺紫，遗风犹自说三闾

七夕节

五夜照天汉
双星会女牛

甲第清辉满
丁梭巧思添

一联佳句随流水
百合香车拥画轮

天街夜永双星会
云汉秋高半月明

牛女二星河左右
参商两曜斗西东

桥填五夜来乌鹊
河渡双星会女牛

晨起曝衣凭小阁
宵来设果拜中庭

云汉秋高，凉生七夕
天街夜永，光耀双星

好语到来，云軿星驾
巧思乞到，瓜果几筵

银汉碧波，凉生七夕
金钗钿盒，夜拜双星

银汉横空，翠梭停织
针楼写怨，粉席迟秋

中元节

四孟逢秋序
三元得气中

梵刹盂兰供大德
玄都宝盖奉高真

坛滴槐花露
香飘柏子风

九陌张灯,云开碧落
元都太醮,章达帝阍

未到中秋开月桂
且看嘉会集盂兰

大会盂兰,相沿成习
嘉名庆月,正好中元

桐飘金井风迎爽
稻熟脾山食荐新

金粟栏边,曾否仙娥来降月
盂兰会里,犹传救母得升天

朗诵苏髯赤壁赋
豪吟卢子羽衣诗

金鼓和秋声,赖有梵音苏滞魄
菩提栽佛地,采将余实济游魂

中秋节

一天秋似水
满地月如霜

中天一轮满
秋野万里香

二仪含皎洁
四海尽澄清

冰壶含雪魄
银汉漾金波

天上一轮满
人间万家明

一曲霓裳传玉笛
四围云锦拥金徽

几处笙歌留朗月　　　　　　　　轮影渐移花树下
万家箫管乐丰年　　　　　　　　镜光如挂玉楼头

日射晚霞金世界　　　　　　　　笙歌曲中千家月
月临天宇玉乾坤　　　　　　　　红藕香里万颗珠

月静池塘桐叶影　　　　　　　　喜得天开清旷域
风摇庭幕桂花香　　　　　　　　宛然人在广寒宫

月满一轮辉宇宙　　　　　　　　霓裳舞起终宵朗
花香千里到门庭　　　　　　　　玉女歌扬彻夜辉

玉轮光满大千界　　　　　　　　三五良宵，秋澄银汉
银汉秋澄三五宵　　　　　　　　大千世界，光满玉轮

平分秋色一分满　　　　　　　　银汉流光，水天一色
长伴云衢千里明　　　　　　　　金商应律，风月双清

占得清秋一半好　　　　　　　　琼宇高寒，捧出一轮月影
算得明月十分圆　　　　　　　　冰壶朗彻，平分五夜天香

重阳节

三三迎节令　　　　　　　　　　观菊来瑞鹤
九九乐芳辰　　　　　　　　　　绕膝戏玄孙

东篱开寿菊　　　　　　　　　　拈菊欣忆旧
南陌献嘉禾　　　　　　　　　　抚幼励承先

临风乌帽落　　　　　　　年高喜赏登高节
送酒白衣香　　　　　　　秋老还添不老春

冒雨先寻菊　　　　　　　何处题糕酬锦句
迎晴便插萸　　　　　　　有人送酒对黄花

秋奉椿萱茂　　　　　　　话旧他乡曾作客
菊同兰桂馨　　　　　　　登高佳节倍思亲

鼓琴仙度曲　　　　　　　孟参军龙山落帽
种杏客传书　　　　　　　陶居士三径衔杯

三径归时松菊在　　　　　黄菊绮风村酒熟
满城近日雨风多　　　　　紫门临水稻花香

三径就荒菊绽蕊　　　　　习射谈经，天高气爽
一堂大喜雁来宾　　　　　佩萸插菊，人寿花香

小雨酿寒侵白纻　　　　　乌帽凌风，参军举止
西风怜醉避乌纱　　　　　白衣送酒，处士清高

乌台好仿黄花宴　　　　　高阁滕王，何人赋就
凤笛催成红叶诗　　　　　曲江学士，此日齐来

腊八节

殷曰清祀　　　　　　　　葭灰吹北陆
夏号嘉平　　　　　　　　梅萼透南枝

戊社酬神喧腊鼓
丁农分肉试鸾刀

祭虎迎猫遵旧例
麑羊伏腊纵新谈

侵凌雪色还萱草
漏泄春光有柳条

三代之英，有志未逮
一年得顺，既腊而归

洛下僧分腊八粥
吴中市有上元灯

祭灶节

几净窗明财气旺
家和邻睦灶糖香

祭灶贴联求吉瑞
围炉温酒话桑麻

小年酒美家乡美
盛世歌甜岁月甜

喜庆小年歌盛世
高擎红烛照良宵

送没上天言好事
扫尘入室剪窗花

楹对贴红，尘埃尽扫
灶王祭罢，年味方生

扫尘除却烦忧事
敞户接来福瑞年

灶祀黄羊，早辞残腊
樽浮绿蚁，以待来年

扫年敬候新春至
祭灶诚求好运来

除 夕

三百六旬飞亥尽　　　　　寒筇送尽人间腊
七十二候纪漏终　　　　　晓角吹回雪里春

今夕正宜听吉语　　　　　夜如何其，晓钟未动
吾侪合制送穷文　　　　　岁云尽矣，更漏频催

长幼团圞分岁毕　　　　　楚客迎年，桃符更易
送迎新旧此宵中　　　　　吴农分岁，爆竹声喧

夜歌有酒消残腊　　　　　俗记吴农，分岁家家喧爆竹
高烛谁家候曙光　　　　　辞传楚客，迎年处处换桃符

星回于天岁云暮　　　　　美景良辰，喜见天时初转泰
年尽此夕夜如何　　　　　光风霁月，幸逢人事又重新

公历节日联

元 旦

国华光夏甸　　　　　国历欣逢元旦节
民气发春阳　　　　　新春合放小康花

晓日初临海宇　　　　　中天日月从新纪
春风又到中华　　　　　大地山河改旧容

日月照临新世纪 文明古国，励精图治新崛起
江山环拱大中华 东方巨人，溢彩流光大浪潮

一元复始，九州同庆 河山毓秀，古国春光耀青史
八方和谐，四季平安 岁月更新，中华盛业震寰球

四海同心，惠风和畅
万民交庆，化日舒长

植树节

青山四面合 满山花果红似锦
绿柳万家春 遍地森林绿如茵

松竹添翠色 嘉树满山年年翠
桃李绽春风 鲜花夹道处处香

松柏有本性 千里松涛，无山不绿
林园无俗情 万顷柳浪，有地皆春

大地有泉皆吐秀 翠竹摇风，喧千林翠鸟
荒山无处不成林 红梅映日，吐万树红霞

春风吹绿千山树 绿化祖国，处处山清水秀
旭日惊喧百鸟声 改造自然，年年枝茂粮丰

植树造林绿大地 靠山养山，山上遍栽摇钱树
栽花种草美人间 临水治水，水中映满聚宝盆

敢叫荒山成林海
誓将沙漠变绿洲

妇女节

丹心悬日月
巧手绣春秋

祖国山河千里锦
中华妇女半边天

三月春光多妩媚
八方巾帼俱欢腾

雄跨世间千里路
喜歌人类半边天

习武从文多面手
兴家创业半边天

扬眉吐气，女儿展志
立业建功，巾帼倾情

心善付出一世爱
肩柔扛起半边天

一片真情，撒播无数爱
两只纤手，托起半边天

母性柔情倾沃土
和风哺物润禾苗

劳动节

十亿风流劳动者
九州艳丽英雄花

勤俭自古称美德
劳动如今更光荣

挥毫大写英雄谱
展卷欣描幸福图

万象更新，成城集众志
千帆竞发，破浪乘长风

进取途中多志士
拼搏场上尽英雄

青年节

创业凯歌壮
攻关胆气豪

奋勇当先,莫负青春岁月
坚贞立志,只争松柏精神

一代英豪,九州生色
八方儿女,四海为家

洒汗水,让理想开花结果
献青春,为祖国耀彩增辉

学海无涯,千舟竞渡
书山有路,万众争攀

英雄辈出,茂林新叶接陈叶
大江东去,流水前波让后波

树木树人,长成国家栋梁
全心全意,攀上科学高峰

儿童节

立凌云志
做栋梁材

园中桃李年年秀
校内红花朵朵香

从小爱科学
长大攀高峰

鲜花绽蕾时时美
春笋凌云节节高

年少宏图远
人小志气高

建党节

国运昌隆民做主
人心欢愉党指程

国策鼎新,人心皆向
党风纯正,众望所归

政策英明开盛世
党风纯正奠鸿基

党风正,世风清,上空有星皆拱北
士气高,民气顺,大地无水不流东

业绩辉煌,翻天覆地
人民幸福,饮水思源

建军节

千军砺志卫祖国
万众齐心拥长城

铁马金戈,千里征尘安社稷
寒冬酷暑,一腔热血铸长城

一片丹心,九州报捷
三军浩气,四海扬威

马不离鞍,身不解甲,
　　恃旦枕戈因卫国
气可吞虏,势可排山,
　　靖边守土为保家

跨骏马,保边疆,高山列队
握钢枪,守国土,青松结屏

风云动鼓鼙,巩固金汤祖国
星火燎原野,毋忘钢铁长城

教师节

碧血催桃李
丹心树栋梁

育才兴邦，百年大计
尊师重教，一代新风

日暖风和开桃李
笔酣墨浓写春秋

春蚕巧织满园锦绣
红烛点燃一代心灵

白发喜见迎春柳
丹心笑种向阳花

尊教尊师，人文蔚起
育才献智，国运昌隆

热血丹心育桃李
栉风沐雨做园丁

三尺讲台，三寸舌三寸笔，
三千桃李
十年树木，十载雨十载风，
十万栋梁

教育振兴期学校
人才陶冶仰良师

喜看桃李香天下
乐洒甘霖育新苗

国庆节

云飞神州彩凤舞
霞舞中华巨龙飞

国趋昌盛人趋富
花爱阳春果爱秋

四海笙歌讴盛世
九州爆竹庆尧天

举国英豪开新局
中天丽日庆长春

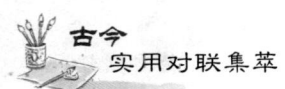

高秋好赋腾飞曲
盛世当歌奋进诗

天时地利人和,神州齐奋进
虎跃龙骧鹏举,祖国共飞腾

鹰疾如箭凌云志
花红似火报国心

欢度国庆,恰逢稻熟丰登日
喜迎佳节,正值秋高气爽天

乐享升平,安居盛世
风拂绿柳,雪绽红梅

翠柏苍松,装点祖国千岭秀
朝霞夕照,染就江山万里红

年年国庆,庆祝新胜利
处处笙歌,歌唱大丰收

庆贺对联

- 贺婚联
- 贺寿联
- 贺生宴联
- 贺乔迁联
- 贺升学联

贺婚联

通用婚联

三星花入夜　　　　　礼联两姓好
八洞玉为天　　　　　乐奏百年和

云拥妆台晓　　　　　吉士行嘉礼
花迎宝扇开　　　　　诗人咏好逑

凤琴传雅乐　　　　　芝兰千载茂
花彩散来宾　　　　　琴瑟百年和

凤卜克昌复　　　　　百年歌好合
熊占发长祥　　　　　五世卜其昌

文明协嘉礼　　　　　当门花并蒂
君子歌好逑　　　　　迎户树交柯

双莺鸣高树　　　　　光射屏中雀
对燕舞繁花　　　　　名标阁上麟

玉堂双璧合　　　　　关雎闻正始
宝树万枝荣　　　　　麟趾发长祥

礼行天地泰　　　　　红妆花点额
乐奏凤凰仪　　　　　玉烛案齐眉

庆贺对联

赤绳曾系足　　　　卿云扶凤辇
红叶昔题诗　　　　瑞气霭龙门

花间金作屋　　　　卿卿相敬礼
灯下玉为人　　　　燕燕效于飞

吹箫堪引凤　　　　鸳鸯千岁偶
攀桂喜乘龙　　　　琴瑟百年和

吹箫舞彩凤　　　　彩帷开翡翠
开镜耀新妆　　　　绣被覆鸳鸯

虎闱谐卜凤　　　　琴和瑟亦静
豹略喜乘龙　　　　花好月常圆

金风过清夜　　　　琴瑟春常润
明月是洞房　　　　人天月共圆

金屏牛女会　　　　锦堂双璧合
玉树凤凰鸣　　　　玉树万枝荣

鱼水千年合　　　　锦瑟调鸿案
芝兰百世荣　　　　香词谱凤台

春暖菱花镜　　　　新妆梅点额
香生竹叶杯　　　　吉梦燕投怀

春融花并蒂　　　　箫映蓝桥月
日暖树交柯　　　　琴调金屋春

栀绾同心结　　　　鹤舞千秋树
莲开并蒂花　　　　麟衔百子花

佛说皆大欢喜　　　　　　　凤前翠对鸳鸯草
诗云宜其室家　　　　　　　月下红生指甲花

良日良辰良偶　　　　　　　凤落梧桐梧落凤
佳男佳女佳缘　　　　　　　珠联璧合璧联珠

易曰乾坤定矣　　　　　　　凤管久谐萧史配
诗云钟鼓乐之　　　　　　　梅花已点寿阳妆

二姓联盟成大礼　　　　　　文鸾对舞珍珠树
百年偕老乐长春　　　　　　海燕双栖玳瑁梁

十里莲花开并蒂　　　　　　文章华国为佳士
百年瓜瓞庆长绵　　　　　　笔墨随身有校书

人倚玉楼花解语　　　　　　双飞却是关雎鸟
娇藏金屋草宜男　　　　　　并蒂常开连理枝

九微灯结连枝彩　　　　　　双飞黄鹂鸣翠柳
并蒂莲开百子图　　　　　　并蒂红莲映碧波

几朵秋花簪凤髻　　　　　　玉台诗赋传鹦鹉
一弯新月画蛾眉　　　　　　金谷花枝引凤凰

开镜香生京兆笔　　　　　　玉管调时莺对舞
启窗花映寿阳妆　　　　　　珠帘卷处燕双飞

五世其昌谐凤卜　　　　　　且看淑女成佳妇
二南之化兆麟祥　　　　　　从此奇男已丈夫

丹山凤振双飞翼　　　　　　兰阶日暖舒麟趾
东阁梅开并蒂花　　　　　　桂殿风和起凤毛

共结丝萝山海固　　　　芙蓉镜映花含笑
永谐琴瑟地天长　　　　玳瑁筵开酒合欢

百尺丝萝欣有托　　　　花开并蒂芙蓉帐
千年琴瑟喜和鸣　　　　酒醉同心琥珀杯

此日莺迁欣袒腹　　　　豆蔻正开香尚蕊
今宵燕梦喜投怀　　　　蔷薇才放露初匀

吐凤才高应跨凤　　　　两姓婚姻原古礼
屠龙技美自乘龙　　　　百年夫妇结良缘

合欢辞赋传鹦鹉　　　　连理枝头腾凤羽
连理花枝引凤凰　　　　合欢筵下对鸾杯

旭日鸾生金凤舞　　　　帐前新绾鸳鸯带
昌期凤羽彩鸾鸣　　　　堂上今开孔雀屏

齐眉共举梁鸿案　　　　迎来红粉千般喜
中目欣看孔雀屏　　　　堪慰苍颜二老心

齐家典则成三礼　　　　画眉笔带凌云志
经国文章在二南　　　　种玉人怀咏雪才

红妆带绾同心结　　　　奇缘自古称双璧
碧沼花开并蒂莲　　　　大化于今始二南

赤绳绾合双飞燕　　　　佳句记曾传柳絮
红叶题成连理枝　　　　淡妆修得到梅花

芙蓉帐里云霞艳　　　　欣逢佳节迎淑女
花萼楼前雨露新　　　　聊备水酒待亲朋

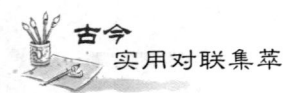

金屋人间传二美
银河天上渡双星

金屋春浓花馥郁
琼楼夜永月团圆

宝马迎来天上客
香车送出月中人

诗歌杜甫其三句
乐奏周南第一章

诗题红叶同心句
酒饮黄花合卺杯

莲子杯中金谷酒
桃花笺上玉台诗

桃花已发三层浪
玉树长含万里风

绣阁昔曾传跨凤
德门今且喜乘龙

唯有香车迎淑女
愧无美酒宴嘉宾

鸾凤和鸣昌百世
鸳鸯合好庆三春

鸾凤管教春几许
鸳鸯休问夜如何

淑女吹箫宜跨凤
新郎弄笛应乘龙

琴瑟房中传静好
珮环灯下映娇妍

握手初行平等礼
同心合唱自由歌

紫箫吹月翔丹凤
翠袖临风舞彩鸾

意似鸳鸯飞比翼
情如鸾凤宿同林

数朵彩云环彩袖
一弯新月映新妆

碧纱诗月春调瑟
红袖添香夜读书

漫语佳人颜似玉
须知才子气凌云

云拥妆台，和风正暖
花迎宝扇，丽日初长

日丽风和，门庭有喜
月圆花好，家室咸宜

文就千言，东都才子
妆成七宝，南国佳人

庆贺对联

光耀三星,昌开五世
祥符玉燕,瑞启石麟

琴瑟友之,克昌厥后
凤凰鸣矣,长发其祥

好鸟双栖,嘉鱼比目
仙葩并蒂,瑞木交枝

箫引凤凰,春生斑管
杯浮竹叶,香到梅花

金屋才高,诗吟白雪
玉台春早,妆艳红梅

箫沏玉楼,声和凤侣
花盈金屋,香满蟾宫

诗礼传家,鲤庭垂范
琴瑟在御,鸿案修仪

燕舞莺歌,云开五色
兰馨芝秀,志在九州

追其吉兮,毂我士女
式相好矣,宜尔室家

是月下老人,鸾书注定
看云中仙子,凤辇迎来

鸿案相庄,百年偕老
凤占叶吉,五世其昌

愿天下有情人,都成眷属
做人间才子妇,也算神仙

月份婚联

正月
火树吐霞莺对舞
银蟾绚彩凤交翔

吉日吉时传吉语
新人新岁结新婚

良辰占尽无双福
新岁初开第一筵

桃符新换迎春帖
椒酒还斟合卺杯

梅蕊春催妆点额
椒花颂献结同心

二月
一对璧人开吉席
二分春色耀华堂

合欢杯泛芳草丽
催妆笔艳杏花明

才逢芍药开花日
正是摽梅迨吉期

因缘缔结三生约
旖旎平分一半春

池上绿荷挥彩笔
天边朗月偃新眉

柳絮新词传绣闼
杏花春色丽妆台

杨柳荫浓莺度曲
芰荷花好燕于飞

眉黛春生杨柳绿
玉楼人映杏花红

佳期喜近中和节
韵事流传嫁娶图

三月

一代诗才称谢女
十分春色醉刘郎

五月

云开兰叶香风起
火灿榴花暖意融

十里好花迎淑女
一庭芳草长宜男

只因菡萏连枝发
惹得鸳鸯比翼游

乐和笙箫吹夜月
花开桃李笑春风

柳絮庭中占卜凤
榴花镜里舞新莺

柳色映眉妆镜晓
桃花照面洞房春

榴花彩映纱窗晓
蒲酒香联绣阁欢

桃花人面红相映
杨柳春风绿更多

镜里彩鸾留倩影
钗头艾虎助新妆

四月

一帘梅雨明金镜
半壁薰风动锦屏

六月

一岁光阴今过半
百年伉俪喜成双

并蒂芙蓉翻锦帐
合欢曲调静熏风

沼上莲花舒并蒂
庭中荔子缀连枝

菡萏花深鸳并立
梧桐枝稳凤双栖

萤帐宵明鸾镜永
荷筵时列藕花香

七月
九华灯映销金帐
七孔针穿彩缕丝

凤凰乐听钧天奏
乌鹊桥看银汉通

好逑人照初秋月
佳偶天开百世基

举笔画眉工点缀
穿针得巧最缠绵

银河驾鹊欢今夕
绣幄迎鸾叶吉期

鹊桥初驾双星渡
熊梦新证百子祥

八月
兰室夜深人旖旎
桂林香满月团圆

豆蔻清香传合卺
芙蓉丽色映新妆

秋色平分佳节夜
月华照见美人妆

烛花光映菱花镜
桂酒香浮卺酒杯

蓉花瑞霭琼筵晓
桂子香生锦帐春

九月
凤箫奏就黄花曲
彩笔挥成红叶诗

流苏帐里金风暖
合卺杯中菊蕊香

彩笺吟就新诗好
红袖擎来菊酒香

新妆色绽东篱菊
玉镜光含绣阁香

十月
同心盟证三生石
连理枝开十月花

乘龙欣值一阳月　　　皓月描来双影雁
奠雁预占五世昌　　　寒霜映出并头梅

梅花芳讯先春试　　　泰谷春回添绣线
柳絮吟怀小雪初　　　兰闺霎永灿银釭

渊源缔结三星夜　　　　　十二月
卺酒筵开十月春　　　合欢共醉黄封酒
　　　　　　　　　　度岁新添翠袖人
翡翠帘垂初夜月
芙蓉镜卜小阳春　　　琼筵瑞霭欲无腊
　　　　　　　　　　金屋香凝别有春
　　十一月
灰飞葭管声谐凤　　　腊粥试调新妇手
玉种蓝田兆梦熊　　　春醅初熟合家欢

梅含白雪妆台艳　　　腊鼓声喧添喜气
津应黄钟菱镜明　　　卺杯酒满畅欢怀

琴瑟和声调白雪　　　翠黛画眉才子笔
熊罴叶梦种蓝田　　　红梅点额美人妆

职业婚联

政界
名驹逸足腾千里　　　堂上鸣琴留政绩
彩凤澈音叶二南　　　房中鼓瑟缔良缘

绿华偏重词人笔
红烛初修学士书

大起驷门，金张华胄
相庄鸿案，梁孟高风

才子凌云，佳人咏雪
榴花映日，蒲叶摇风

军界
日暖柳营春试射
风和兰阁夜开尊

虎帐归来春试马
雀屏射中喜乘龙

请缨具有终军志
合卺先将淑女求

占凤协祥，有情眷属
闻鸡起舞，尚武精神

佩虎纪勋，乘龙获选
闻鸡起舞，射雀中屏

商界
风送鸾箫声入市
云扶凤辇喜临门

起家勤俭添中馈
宜室贤能配合欢

黄金暑刻春无价
红袖香添夜运筹

入户三星，辉增天市
盈门百福，喜溢华堂

中馈修仪，相庄鸿案
德门有喜，雅奏鸾箫

学界
文窗绣月垂帘幕
银烛金杯映翠眉

莲沼鸳鸯歌福禄
蓉屏孔雀绚文章

盟书早订三生石
彩笔新开五色花

彩笔生花，书成锦字
新诗撷艳，体合香奁

工界
大匠经营看夏屋
小春和煦赋宜家

井臼亲操梁孟乐
箕裘业绍子孙宜

生财预卜前程远
握算还须内助资

良冶良弓，箕裘克绍
宜家宜室，琴瑟新调

赁春喜得梁鸿配
馌耨初看冀缺妻

两姓婚姻，爱情旖旎
百年夫妇，事业辉煌

谁知此夜吹箫侣
能识当年种树人

农界

久勤耕作事农圃
新有室家长子孙

尽孝事亲，天宜降福
饷耕有妇，喜听鸣鸠

再　婚

玉梅再探香初绽
锦瑟重调声自和

鸾胶新续征双美
凤翼齐飞庆百年

百世凤凰重卜吉
千年瓜瓞更开祥

黛画青山春不老
香添绣阁月重圆

花结同心开并蒂
琴弹一曲动新弦

鼓瑟鼓琴，鸾胶新续
宜家宜室，熊梦同甘

复　婚

前情谅解都如梦
后景欢娱总是春

珠帘日影重辉夜
锦阁花香两度春

梅开二度花复艳　　　　　　　　花满酒满，婚姻美满
月缺重圆更光明　　　　　　　　月圆镜圆，夫妻团圆

堂前乍见浑如昨　　　　　　　　两情鱼水，雅歌复咏
帐里回思恍似新　　　　　　　　百岁鸳鸯，宝镜重圆

赘　婿

瓜瓞连绵鱼入梦　　　　　　　　声送玉箫来引凤
茑萝附结雁临门　　　　　　　　影摇银烛照乘龙

未必生男胜生女　　　　　　　　娇客不劳萧史凤
不妨佳婿作佳儿　　　　　　　　佳人即是女元龙

在昔吹箫传弄玉　　　　　　　　选获乘龙，音谐引凤
只今坦腹得王郎　　　　　　　　射欣中雀，喜溢鸣鸾

嫁　女

于归好咏宜家句　　　　　　　　瑟鼓房中，凫翔静好
注送高歌永戒章　　　　　　　　箫吹楼上，凤律归昌

名流喜得名门婿　　　　　　　　咏桃夭，时值摽梅之吉
才女欣归才子家　　　　　　　　歌鹊巢，礼逢奠雁之隆

贺寿联

男寿通用

天开仁寿镜
人引紫霞杯

松龄长岁月
鹤语记春秋

五云飞玉岛
百福上瑶台

愿奉南山寿
先开北海樽

四时调玉烛
千算祝瑶觞

瑶池春不老
寿域日升祥

玄鹤千年寿
苍松万古春

鹤曲闻瑶岛
龙章敞寿筵

声名高北斗
甲子配南山

仁者有寿者相
福人得古人风

良辰逢岳降
瑞气霭春晖

汉柏秦松骨气
商彝夏鼎精神

青松多寿色
丹桂有丛香

此老得摄生法
其人有命世才

如冈如陵如阜　　　　　　　　红梅绿竹称佳友
多福多寿多男　　　　　　　　翠柏苍松耐岁寒

大年不特长生药　　　　　　　寿同松柏千年碧
多寿还须厚福人　　　　　　　品似芝兰一味清

上寿人呈青玉杖　　　　　　　身似西方无量佛
延龄酒进紫霞杯　　　　　　　寿如南岳老人峰

天上星辰应做伴　　　　　　　春秋不老冈陵颂
人间松柏不知年　　　　　　　甲子重添福寿花

五色云中三瑞草　　　　　　　柏节松心宜晚翠
九重天上万年松　　　　　　　童颜鹤发胜当年

文移北斗成天象　　　　　　　室有芝兰春自韵
日捧南山入寿杯　　　　　　　人如松柏岁长新

仙居十二楼之上　　　　　　　桂兰同馨称眉寿
大寿八千岁为春　　　　　　　松柏长春颂遐龄

白首壮心驯大海　　　　　　　桃实拟来三度献
青春浩气走千山　　　　　　　椿庭高祝八千龄

芝兰气味松筠操　　　　　　　酒进壶天增景福
龙马精神梅鹤姿　　　　　　　筹添海屋衍昌期

有翠竹苍松节操　　　　　　　海屋有寿多附鹤
抱浑金璞玉寿证　　　　　　　春城无处不飞花

名山梅鹤饶清福　　　　　　　海屋仙筹添鹤算
陆地神仙占大椿　　　　　　　华堂春酒宴蟠桃

晚景弥坚松柏节
好风常度桂兰香

宜尔子孙，受德之祜
使君寿考，与福相迎

霄汉鹏程腾九万
锦堂鹤算颂三千

诗谱南山，筵开西序
樽倾北海，彩绚东阶

鹤群长绕三珠树
人瑞先证五色云

浑金璞玉，是寿者相
碧梧翠竹，得气之清

白发朱颜，喜登上寿
丰衣足食，乐享晚年

得古人风，有为有守
唯仁者寿，如冈如陵

立德立言，于兹不朽
寿人寿世，共此无疆

酒晋长春，香浮玉座
花开益寿，彩映斑衣

有德有仁，天锡纯嘏
尔昌尔炽，人颂康强

海屋云开，筹添八百
琼林雾霭，桃熟三千

受爵传觞，允怀多福
颐性养寿，屡获嘉祥

绿野云天，丹崖春霁
瑶池桃熟，海屋筹添

女寿通用

一星辉宝婺
九酝湛金觞

鸿钧开寿域
凤彩焕朝阳

玉树盈阶秀
金萱映日荣

觞晋延龄酒
簪添益寿花

萱草凌霜翠
兰英抱露香

椿树千寻碧
蟠桃几度红

慈竹青云护
灵芝绛雨滋

人间贤母皆称孟
天上神仙本姓何

三千蟠桃开寿域
九重春色映霞觞

天护慈萱春不老
云弥古树岁长青

天锡昌期垂母范
人登寿域瞻坤仪

云霞辉映千年鹤
雨露滋培九畹兰

华堂寿晋无疆福
慈室祥开不老春

寿酒频倾仙掌露
斑衣笑舞玉堂春

花开红杏酣春色
酒进南山做寿杯

青鸟飞来云五色
碧桃献上岁三千

宝婺辉联南极晓
斑衣彩舞北堂春

春放万花晴献寿
云呈五色晓开樽

春晖永丽慈云荫
皓月常联宝婺光

桃花已发三层浪
人瑞先证五色云

祥鸾仪羽来三岛
天姥峰峦出九霄

麻姑酒满杯中绿
王母桃分天上红

萱花挺秀辉南极
梅萼舒芬绕北堂

紫松树里千年鹤
青凤池边五色云

瑶池早熟三千岁
海屋添筹九十春

蟠桃子结三千岁
萱草花开八百春

蟠桃已结瑶池露
玉树交辉阆苑枝

恭俭温良，宜家受福
仁慈笃厚，益寿延年

乐善好施，是寿者相
断机画荻，为母之仪

家政长操，克勤克俭
子孙蒙教，为国为民

兰阁风薰，瑶池益寿
萱庭日丽，彩缕延龄

淑慎其仪，绥我眉寿
嘉柔维则，宜尔子孙

花灿金萱，瑞凝堂北
星辉宝婺，彩映弧南

露湛花兰，萱荣堂北
日长逢岛，桃熟池西

昔之孟母，今之孟母
儿有文章，孙有文章

婺曜呈祥，近对瑶池王母
琼花并蒂，恍疑姑射仙人

南极辉腾，彤云瑞霭
西池宴会，绛雪香芳

玉佩仙琚，共看婺光联寿域
青童白发，争传王母下瑶池

双寿通用

千载桃开连理木
万年枝放合欢花

双星竞渡瑶池月
五桂争开玉海秋

日月光华常复旦
神仙眷属总长生

双栖珠树千年鹤
三秀琼田五色芝

凤引斑衣人绕膝
鹓飞绿醑案齐眉

白首相庄多乐事
朱颜并驻祝长生

庆贺对联

南极星辉牛女度　　　　　　日月升恒，重华复旦
北堂萱映凤凰枝　　　　　　神仙眷属，不老长生

堂上椿萱欣并茂　　　　　　南极西池，齐称福海
壶中日月庆双辉　　　　　　木公金母，同是神仙

堂宴双眉看白发　　　　　　绕膝承欢，图开家庆
兰生四叶映朱颜　　　　　　齐眉至乐，福备人间

彩衣争舞祥光霭　　　　　　鸿案齐眉，庚星耀彩
白首相庄乐事多　　　　　　凤毛绕膝，棣萼联芳

鸾笙合奏华堂乐　　　　　　椿树萱花，庭下齐滋化雨
鹤算同添海屋筹　　　　　　桑弧悦锦，门前共霭春风

棠棣齐开千载好　　　　　　仙侣鸳生，比翼共乘丹凤下
椿萱并茂万年长　　　　　　华堂介寿，重轮齐涌月蟾来

山水怡情，鹿门望重　　　　伉俪交欢，鸿案相庄春不老
凤凰娱目，鸿案齐眉　　　　宾朋毕集，觥觚迭进寿无疆

男周岁

足岁抓周惊四座　　　　　　弧矢高悬增异彩
高堂喝彩乐全家　　　　　　印戈提取兆奇才

男十岁

良辰喜值悬弧日
绮岁欣逢就傅年

慧质生成,年当就傅
良辰览揆,喜添悬弧

男二十岁

射策才应如贾傅
请缨志不让终军

束发读书,年证弱冠
从军报国,愿请长缨

男三十岁

甲子半周韶景丽
丁年正盛壮猷新

壮志可行,年方而立
修名自永,寿祝无疆

男四十岁

闻道不从今日始
知天犹待十年迟

蟠桃捧日三千岁
古柏参天四十围

男五十岁

一生事业今过半
百岁光阴日再中

年齐大衍经纶富
学到知非德器纯

男六十岁

延龄人种神仙草
纪算新开甲子花

杯倾北海辰初度
颂献南山甲再逢

花开周甲证全福
星耀长庚祝大年

甲子重新，如山如阜
春秋不老，大德大年

男七十岁

三千岁月春常在
六一丰神古所稀

盛世祥征长寿字
华堂庆衍古稀年

国中从此推鸠杖
池上如今有凤毛

杖国鸠扶，人歌上寿
筹添鹤算，天与稀龄

男八十岁

杖朝步履春秋永　　　　　　　　安富尊荣，常珍笃庆
钓渭丝纶日月长　　　　　　　　康强福寿，大耋延龄

受福无疆锡纯嘏　　　　　　　　梦协渭熊，兕觥介寿
杖朝有典祝遐龄　　　　　　　　筹添海鹤，鸠杖趋朝

男九十岁

人生五福当推寿　　　　　　　　宝树灵椿，三千甲子
天保九如合献诗　　　　　　　　龙眉华发，九十春光

椿寿预祝八千岁　　　　　　　　登大耄年，日增康乐
花甲已添三十年　　　　　　　　祝无量寿，迭晋期颐

男百岁

人生不满公今满　　　　　　　　上寿期颐，大椿不老
世上难逢我竟逢　　　　　　　　君子福履，洪范斯陈

园中桃熟千年果　　　　　　　　寿晋期颐，天年永远
堂上筵开百岁觞　　　　　　　　光增史乘，人瑞流传

女周岁

彩悦高悬添瑞气　　　　　　　彩悦高悬，门楣有喜
晬盘新设识芳姿　　　　　　　晬盘新启，兰蕙同芳

女十岁

慧质父书工缮写　　　　　　　玉胜证祥，门楣溢喜
潜心姆教善听从　　　　　　　金銮毓秀，兰蕙同芳

女二十岁

兰质蕙心，二旬初度　　　　　设悦二旬，闺门溢喜
柳诗茗赋，双美兼收　　　　　及笄五载，岁月愈新

女三十岁

周甲半经，璇闺溢喜　　　　　蕊阙华年，蟾圆一度
良辰初度，彩悦增华　　　　　蓬壶美景，鹤算千春

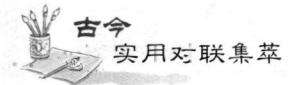

女四十岁

宝婺一星腾异彩　　　　　　　彩悦高悬，四旬庆寿
璇闱四月祝长生　　　　　　　璇闱大吉，百岁延龄

女五十岁

婺宿腾辉，百龄半度　　　　　璇阁萱荣，岁证半百
媊星焕彩，五福骈臻　　　　　瑶池桃熟，年纪三千

女六十岁

六秩华筵新岁月　　　　　　　日丽蓬壶，算周花甲
三迁慈训大文章　　　　　　　春长萱苑，庆洽林壬

萱花堂北荣周甲　　　　　　　玉树阶前，莱衣竞舞
桃实池西献吉辰　　　　　　　金萱堂上，花甲初周

女七十岁

鹤筹添算尊慈寿　　　　　　　七十古稀，金萱溢庆
兕酒称觥祝古稀　　　　　　　八千秋永，丹桂增荣

春永蓬壶，七旬晋寿　　　　　　彩舞稀龄，诗歌星福
萱延萱苑，百岁衍龄　　　　　　花开益寿，缕续长生

女八十岁

东海龙王，西拜金母　　　　　　德言容工，完全四德
南天寿佛，北望神州　　　　　　艾满稀耋，才晋八旬

女九十岁

九十春光延耋景　　　　　　　　蓬岛春光，九旬洽庆
三千仙界晋慈龄　　　　　　　　萱堂日永，百岁延年

瑶池果熟三千岁　　　　　　　　慈寿延龄，日增康乐
海屋筹添九十春　　　　　　　　旬年屈指，岁晋期颐

女百岁

百岁延龄留耋景　　　　　　　　桃熟三千，瑶池启宴
九天华彩护慈云　　　　　　　　筹添一百，海屋称觞

偕老陈诗逾百岁　　　　　　　　箫引玉娥，八音齐奏
大齐寿年永千秋　　　　　　　　筵开金母，百岁长绵

三十岁双寿

偕老期颐证百岁　　　　　伉俪同庚，蟾圆两度
同悬弧帨庆三旬　　　　　倡随甚乐，凤翼双飞

四十岁双寿

鸿案齐眉，咸歌四秩　　　鸿案相庄，四十称庆
莱衣舞彩，共庆三多　　　鹤筹合算，八千为春

五十岁双寿

璧合珠联证百岁　　　　　德行齐辉，一门集庆
弧悬帨设祝千龄　　　　　福畴大衍，百岁同符

六十岁双寿

八千载椿萱双寿　　　　　花甲齐年，骈臻上寿
六十年花甲一周　　　　　芝房联句，共赋长春

耳顺称觞，莱衣竞舞　　　偕老歌诗，祥证六秩
眉齐举案，花甲同周　　　同年益寿，颂献三多

七十岁双寿

弧悦同悬瞻瑞气
台婶合曜庆稀龄

鸿案齐眉,稀龄上寿
鹿车同志,仙眷长春

日月双辉,唯仁者寿
阴阳合德,真古来稀

鹤算频添,七旬览揆
鹿车共挽,百岁长生

八十岁双寿

鸾笙合奏和声乐
鹤算同添大耋年

鸿案齐眉,长生不老
鹤筹添算,大耋同登

弧悦同怀,年齐八秩
极婶并耀,光照千秋

庚娄同明,九五其福
椿萱并茂,八千为春

九十岁双寿

凝眸极婺腾双彩
屈指期颐晋一旬

八千岁为春,八千岁为秋,
合八千岁春秋,一代椿萱看并茂
九五福曰富,九五福曰寿,
享九五福富寿,百年瓜瓞庆长绵

家庆绵延嘉瑞,备膺九五福
旬年迭晋伉俪,同登一百龄

鸿案久相庄,还欣三祝华封,
　　九如天保
鹤筹同益算,预识十年转瞬,
　　百岁期颐

百岁双寿

礼祝期颐,庄椿无算
诗歌福履,虞寿同登

百岁大齐年,偕老期颐,
绰楔褒荣称人瑞
双佛无量寿,绵长日月,
瀛洲驻景傲仙家

福寿同臻,人间真瑞
期颐共度,地上神仙

寿域宏开,百世难逢人百岁
璧门轩敞,重堂今见日重华

正月男寿

人如天上珠星聚
春到筵前柏酒香

觞开柏叶新增寿
鼓击梅花独占魁

名山梅鹤饶清福
春酒羔羊祝大年

鸠杖引年,椒花献瑞
鹤筹添算,椿树留荫

二月男寿

三祝华封瞻泰斗
二分春色到花朝

绮席延宾开杏苑
华堂祝嘏仰松庭

花围红杏酣春色
酒递南山做寿杯

红杏在林,时维二月
紫芝纪算,数合九畴

三月男寿

花繁曼倩三千树
草就蒙庄十万言

椿树庭前开寿域
桃花源里住仙家

春光九十花初茂
桃熟三千日正长

寿纪椿龄,筹添海屋
祥呈桃瑞,香满霞觞

四月男寿

栏围芍药开琼宴
人献樱桃佐兕觞

四月清和,节临首夏
百年康健,树种恒春

蓬矢风寒春尚驻
椿荫云护夏方新

乐奏群仙,筹添鹤算
祥证浴佛,会启龙华

五月男寿

节近天中逢令旦
筹添海上庆长龄

兰砌风薰,绮琴解愠
椿庭日丽,彩缕延龄

翠艾含香笼绮席
红榴着色映斑衣

华祝三多,芝呈五色
榴开百子,艾保千年

六月男寿

椿树大年宜有庆　　　　　　　寿宴宏开，荷塘风爽
莲花生日正当时　　　　　　　华堂高启，椿林云深

熏风轻拂莱衣舞　　　　　　　香透莲花，碧筒泛蚁
宝轴高悬洛社诗　　　　　　　荫环椿树，玉杖扶鸠

七月男寿

花开指甲飞金凤　　　　　　　金风声奏，瑶天笙鹤
星耀长庚贯斗牛　　　　　　　碧月光浮，玉宇云霞

寿考长生，天孙语妙　　　　　箕子陈畴，康宁载演
乞巧令节，老人星辉　　　　　天孙锡寿，富贵攸同

八月男寿

万斛秋香飘宇宙　　　　　　　露浥青松多寿色
五云佳气接蓬莱　　　　　　　月明丹桂托灵根

千秋金鉴昭明德　　　　　　　上寿长生，中秋令节
八月银涛壮寿文　　　　　　　良宵不夜，明月前身

九月男寿

北海开樽倾菊酿
南山献颂祝椿龄

佳节壶觞重九日
使署旌旗百花洲

东篱满绽黄金菊
北海欣开白玉樽

香弄萸房，正逢绮序
醉斟菊酒，长驻华颜

十月男寿

百算筹添沧海日
三呼嵩祝小春天

梅占阳春人益寿
筹添海屋算长绵

岭上梅花报春信
庭前椿树护遐龄

岭上梅开，早传春信
庭前椿茂，为祝遐龄

十一月男寿

三祝正逢人应瑞
一阳乍启日添筹

介祝称觞，阳春一曲
书云献颂，寿考万年

葭管飞灰一阳动
椿龄益算百年长

葭管阳回，春生北陆
松龄年永，寿并南山

十二月男寿

雪藕冰桃来洞府 宴启瑶池,兕觥介寿
兰芽梅蕊映琼筵 时当腊会,羊酒承欢

翠管银罂添喜气 颂献嘉平,诗歌福禄
桑弧蓬矢祝遐龄 人称寿考,乐叙伦常

正月女寿

萱草忘忧证懿德 彩绚琼枝,萱堂日暖
椒花献瑞祝遐龄 兰生玉砌,鸾佩风和

梅蕊凝香,萱庭日永 黍谷回春,椒盘献瑞
椒花进酒,海屋筹添 萱堂称庆,柏酒延禧

二月女寿

今日正逢萱草寿 佳节春长,会开扑蝶
前身合是杏花仙 慈闱日永,杖进扶鸠

花朝丽景推佳节 萱草春长,良辰设帨
萱座慈龄祝大年 杏林日丽,绮席称觞

三月女寿

一庭萱草千年绿
三月桃花万树红

天朗气清延暑景
辰良日吉祝慈龄

花逢修禊林如画
酒泛瑶池客尽仙

鹤算添筹，慈云霭瑞
兕觥进酒，曲水流春

四月女寿

仙台牒注长生子
璇阁春开富贵花

梅子绽时酬夏雨
萱花开满霭慈云

首夏清和，长春富贵
慈云庇护，爱日绵长

荔阁风清，蟠桃启会
萱堂日丽，樱笋登厨

五月女寿

一曲薰琴传淑德
百年萱卮祝遐龄

堂前萱草分眉绿
阶下榴花照眼红

琴叶鸾弦流雅韵
筹添鹤算祝遐龄

亭午凝釐，榴花试艳
抚辰集祜，萱草忘忧

六月女寿

华堂设帨绵瓜瓞
水榭开筵赏藕花

曲院风香，欣呈雪藕
瑶池日永，敬献冰桃

碧荷凝香斟寿酒
红莲吐焰映斑衣

荷沼风清，良辰览揆
萱堂日永，大庆称觞

七月女寿

四处凉风吹玉津
一庭爽气接瑶池

云拥彩鸾，图呈王母
花开金凤，酒进麻姑

银汉双星传吉语
璇闱百岁祝慈龄

南极星明，光联牛斗
北堂萱茂，瑞集桂兰

八月女寿

福懋萱帏钦懿德
禧凝桂苑祝慈龄

桂苑风清，瑶阶设帨
萱寿昼永，绮席称觞

秋爽璇闱，桂枝益寿
辉腾宝帨，萱草忘忧

桂盏斗香，兕觥进酒
萱闱集祜，鹤算添筹

九月女寿

菊满篱东称寿客
萱荣堂北祝慈龄

萱室荣光，期颐未艾
菊篱秋色，晚节弥香

翠挹慈篁辉锦帨
香分篱菊点斑衣

鹤算添筹，萱荣堂北
兕觥进酒，菊绽篱东

十月女寿

岭上梅花报春信
阶前萱草护慈龄

梅岭传香，来报春信
萱闱养寿，晋益慈龄

香满璇闺添喜气
光腾宝婺祝慈龄

梅馥岭南，小春有信
萱荣堂北，寿算无疆

十一月女寿

来复天心推七日
贞恒慈寿祝千秋

刺绣五纹，线添慈母
称觞百岁，算益灵娥

葭琯灰飞添瑞气
兰陔日永祝良辰

五福骈臻，萱草并水仙竞艳
一阳初动，算筹与宫线同添

十二月女寿

喜看梅黄逢腊月
寿添萱绿护春云

日驻蓬壶，驹留余晷
春延萱卮，鹤纪仙筹

五色芝茎，慈闱祝寿
百年萱草，新岁延龄

萱草延龄，觞称绿醑
梅花吐艳，蜡染黄金

正月双寿

蟠桃天上骈枝实
凤管人间合韵调

鸿案齐眉，宜春启瑞
兕觥介寿，永日腾欢

弧帨同悬，桃符竞艳
觥筹交错，椒酒流香

喜溢椿庭，椒盘献瑞
欢承萱室，柏酒称觞

二月双寿

节到中和春正好
缘深伉俪寿无疆

红杏争春，群芳献瑞
白华养志，二老承欢

节纪中和，阳春二月
缘深伉俪，偕老百年

弧帨同悬，杏林竞艳
极婣并耀，兰膳增欢

三月双寿

桃李齐开春正好
台嫟合耀寿无疆

桃李联盟，宜家宜室
椿萱并寿，多福多男

桃李联芳，长春不老
极嫟并耀，纯嘏弥高

酌斗称觥，眉齐鸿案
悬弧设帨，乐奏鸾笙

四月双寿

荫茂椿萱连理树
厨开樱笋合欢筵

弧帨同悬，葵心向日
椿萱并茂，蕤尾留春

芍药栏边，花开富贵
椿萱堂上，寿祝期颐

樱笋厨开，兕觥进酒
椿萱荫美，鹤算添筹

五月双寿

极婺当天皆福曜
艾蒲应候即良辰

蒲艾同芳，良辰览揆
椿萱并茂，美意延年

地脉逢辰，河山并寿
天中建午，日月双辉

卓午延釐，艾绶榴裙相映色
良辰集庆，雕弧锦帨互争辉

六月双寿

并蒂花开瑶岛树　　　　　　　沉李浮瓜，兕觥进酒
合欢酒进碧筒杯　　　　　　　悬弧设帨，鹤算添筹

碧筒杯里倾佳酿　　　　　　　鸿案眉齐，碧筒酒熟
青玉案前祝大年　　　　　　　鹿车手挽，瑶岛春长

七月双寿

椿萱并茂交柯树　　　　　　　弧帨同悬，秋光初到
瓜果同开合卺筵　　　　　　　琴瑟在御，夏屋宏开

弧帨同悬，风清七夕　　　　　椿茂萱荣，畴增五福
台婑合耀，彩激双星　　　　　庚明婺焕，耀映双星

八月双寿

朗抱蟾宫同照影　　　　　　　鸿案齐眉，瑟琴静好
良缘鸿案永齐眉　　　　　　　蟾宫耀彩，人月同圆

家庆团圆，蟾宫月满　　　　　蟾宫桂初开，共羡天香秋喷
天龄纯嘏，鸿案风长　　　　　瑶池桃早熟，咸看仙果西来

九月双寿

松菊未荒三径乐
椿萱偕老百年长

同志鹿车,菊花隐逸
齐眉鸿案,桃实神仙

天朗气清,极婉焕彩
花香人寿,杞菊延年

伉俪雍和,同悬弧帨
风光良好,遍插茱萸

十月双寿

伉俪相和,人添大寿
风光正好,节届小春

举案齐眉,桃筵擎实
奉觞上寿,梅岭传春

序届阳春,春同松柏
寿称国瑞,瑞献芙蓉

梅岭生春,诗歌偕老
蓉屏耀彩,寿祝同庚

十一月双寿

益寿如添五纹线
合欢同进百年杯

诗腊冲寒,春传梅柳
悬弧设帨,辉映合婉

花放水仙,夫妻偕老
图呈王母,庚婺双辉

葭管证时,兕觥同酌
兰阶爱日,鸿案相庄

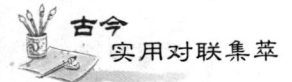

十二月双寿

弧帨同悬门画虎
琴瑟静好杖扶鸠

饮腊吹豳，嘉平纪月
悬弧设帨，偕老延年

天竹蜡梅，相映成色
寿山福海，共祝无疆

鹤算同添，华堂笃祜
鹿车并挽，寿宇延年

贺生育联

贺生子

天上长庚降
人间英物啼

兰馨征国瑞
熊梦兆家祥

凤毛征国瑞
熊梦兆家祥

充闾增喜气
惊座试啼声

世德征麟趾
家声毓凤毛

怀中投玉燕
天上赐石麟

用汝作霖雨
羡君得麒麟

奇表称犀角
清声试凤雏

闻啼知伟器
摩顶识英才

国器谐来心上愿
明珠乐得掌中来

渥水钟麟骨
丹山毓凤毛

诗礼家声今有托
箕裘德业永能传

锦绣辉金屋
笙歌送玉麟

室中已见祥云绕
梦里犹闻王者香

舞鹤衔芝诗
祥麟吐玉来

竞颂人间金鹭鸶
争夸天上石麒麟

万事已知今日足
五湖还待后来游

海上蟠桃重结子
月中丹桂再生枝

五色明珠初叶梦
七枝秀草并生阶

欲知异日丹山凤
先喜今朝渥水麟

风传竹院添丁早
露浥莲房得子多

渥水神驹光阀阅
丹山彩凤焕文章

石麟诞育从天降
玉燕投怀旷世珍

玉产蓝田，连城异宝
珠生合浦，照乘奇珍

宁馨生应文明运
大器育成梁栋材

庆溢桑弧，四方有志
祥激兰梦，一索得男

英物啼声惊四座
德门喜气洽三多

秀擢芝兰，添丁毓庆
泽绵瓜瓞，多子证祥

昆仑宝玉新生润
沧海明珠更吐芒

英物试啼，声惊四座
德门有庆，瑞证三多

荀氏八龙，薛家三凤　　　　灵结珠胎，初羡莹辉之入掌
燕山五桂，蜀国双珠　　　　祥符熊梦，方夸秀色之临风

堂构增辉，凤毛毓秀　　　　积德累仁，先世栽培唯福善
门庭溢喜，麟趾呈祥　　　　降麟诞凤，后昆光耀显门楣

窦桂王槐，门庭溢庆　　　　德产宁馨，暂听呱声知宝器
荀龙薛凤，家世征祥　　　　庆生岐嶷，试看头角识龙驹

麟趾呈祥，长贻世德　　　　治世现祥麟，诗礼家风应有待
凤毛济美，丕振家声　　　　丹山生彩凤，箕裘事业永能传

渥水产神驹，神龙有种　　　瑞世有祥麟，已为德门露头角
丹山呈瑞凤，瑞气浮光　　　丹山翔彩凤，还从华阀焕文章

贺生女

渥水出骐骥　　　　　　　　梦蛇不减梦熊好
丹山鸣凤凰　　　　　　　　弄瓦还同弄璋亲

万斛明珠欣出蚌　　　　　　瑞应宝婺离双阙
九苞彩凤快添雏　　　　　　喜见仙娥降九天

异日画屏看射雀　　　　　　慰情已喜颜如玉
此时金屋贮阿娇　　　　　　溺爱珍于掌上珠

看来定是闺中秀　　　　　　兆叶鸡飞，门前设帨
爱妳真如掌上珠　　　　　　祥征虺梦，掌上擎珠

瑞叶燕投，辉腾锦帨　　　　　彩帨悬门，兰质蕙心延美誉
祥征熊梦，珍获明珠　　　　　明珠入掌，柳诗茗赋毓清才

迟种玉，早获珠，同为宝物　　坤道行贞符，预卜他年谐阃范
先开花，后结子，本是常情　　巽爻钟淑德，灿然柔顺耀门楣

双胎男

琼林花并蒂　　　　　　　　　赤水衔珠龙竞舞
玉树叶交柯　　　　　　　　　丹山绚彩凤双飞

千江涛涌双龙起　　　　　　　花萼相辉开并蒂
万里风生两骥腾　　　　　　　埙篪并奏叶双声

玉种蓝田成合璧　　　　　　　乾坤并钟双鸑鷟
树栽碧海喜交柯　　　　　　　山川叠毓两麒麟

玉种蓝田澂合璧　　　　　　　玉叶延芳，柯交蒂并
月明沧海获双珠　　　　　　　瑶源衍泽，璧合珠联

双胎女

异香飘九陌　　　　　　　　　中郎有女传家业
余庆衍双珠　　　　　　　　　道蕴能诗压弟昆

红杏坛前呈双璧　　　　庭前兰吐芳春玉
绿芹池内耀两珠　　　　掌上珠生子夜光

沧海明珠双映掌　　　　绕庭尽是临风玉
丹山彩凤并栖桐　　　　照室争看入掌珠

姿柔性顺双飞凤　　　　随珠夜光，焕若列宿
气朗神清两乘龙　　　　兰林蕙草，集其清英

春日生子

风暖兰阶花吐秀　　　　佳气充闾，倍添春色
雷惊竹院笋抽芽　　　　英声载道，喜得宁馨

谁知柳絮沾泥日
恰是蟠桃结子时

夏日生子

瓜瓞远绵证夏大　　　　子种莲房，多多益善
芝兰新茁似春初　　　　蔓延瓜瓞，久久长绵

净地月明生秀草
芳阶风暖长兰芽

秋日生子

川媚山辉蓝田朗
天高月满蚌珠肥

月朗天高，桂宫结子
地灵人杰，崧岳生申

秋月晚生丹桂实
金风新长紫兰芽

冬日生子

汤饼会中腊酒热
悬弧影里玉花飞

瑞雪盈庭，石麟降世
祥云护舍，玉燕投怀

花前笑看麐书帖
梅下欣听鹤和声

添　孙

孙枝欣挺秀
祖武庆重光

丹葩试艳榴生子
玉笋呈祥竹有孙

子夜灯花频结彩
孙枝汤饼喜开筵

瓜瓞欣看绵世泽
梧桐喜报长孙枝

月窟早培丹桂子
兰阶新毓玉兰孙

栽来修竹连枝茂
生出新篁绕砌荣

桂子呈祥证福厚
兰孙毓秀兆嘉祥

声美凤雏，绳其祖武
诗赓燕翼，贻厥孙谋

桂蕊喷芳证世德
兰芽吐秀焕新猷

燕翼诒谋，兰荪茁秀
凤毛济美，瓜瓞绵长

添曾孙

一门添五福
四代庆同堂

绕砌孙枝重吐秀
捧云兰蕊又生芽

一门五福陈箕范
四代同堂庆瓞绵

喜见桐枝开四叶
福陈箕范祝三多

三重父子一堂乐
两世翁孙四代歌

天赐石麟，祥开五叶
夜投玉燕，瑞霭一堂

四世连绵光奕叶
一堂似绩荐前型

四代同堂，曾孙笃庆
一门五福，世胄延釐

欣看乔木多余荫
喜见兰荪又茁芽

堂构象贤，一门锡类
云仍继起，四代同堂

贺乔迁联

凤移金谷舞
燕贺玳梁新

玳梁欣贺燕
乔木早鸣莺

甲第崇高闳
天光焕紫微

庭辉联树彩
檐影接云光

出谷来仁里
迁乔入德门

莺迁金谷晓
柳拂画堂春

吉日开黄道
祥星耀紫微

祥云浮紫阁
喜气绕朱轩

华屋辉生壁
青山绿到门

喜迁乔木近
闻占白云多

安乐新成庆
幽闲欲寄情

楼台新气象
诗礼旧人家

阳光腾宝地
春风拂新居

群材成大厦
乔木诗新禽

择里仁为美
安居德有邻

燕喜开新第
莺迁转上林

画堂辉昼锦
华构霭春晖

庭院花香鸟语
楼台月满云开

一朝成就千秋业
百代居之万事安

龙门旧列金张贵
莺谷新迁碧落飞

卜筑应同蒋诩泾
藏书将拟邺侯家

旧宅惯生如意草
新居又放吉祥花

三阳日照平安地
五福星临吉庆家

且看朱扉和云集
共庆华筵映日开

三星高照临新宅
五福咸臻满画堂

鸟革翚飞腾喜气
莺歌燕语贺高迁

万里风云骐骥足
百年珠树凤凰枝

让水廉泉称乐土
礼门义路是安居

千山绿水映华厦
万座青峰饰新居

华堂建就六亲力
玉宇落成百匠功

门对青山龙虎地
户环绿水凤凰池

华厦生辉三春暖
锦堂添福五世昌

门前绿水声声笑
屋后青山步步春

创立栋宇千载盛
缔造华堂万年长

五色祥云笼甲第
三多景福集门闾

旭日朝临新气象
吉星拱照大文章

五柳旧称陶令宅
百花新构杜陵庄

江山聚秀归新宇
奎壁联辉映华堂

日月光华成画栋
山川环拱映雕栏

坤正奠定千秋业
基实撑起万年梁

画栋倚云昭大壮
华堂映日焕中孚

金门映日新大厦
玉柱擎天展雄才

春发南枝新栋宇
名高东里大门庭

春柳深处农家乐
白杨水边村舍新

柱擎梁挑蓝天志
窗纳门接碧野春

庭院中花香鸟语
楼台前月满云开

洞天福地斯为美
仁里德邻常所亲

结构崇闳新栋宇
诒谋永远旧箕裘

莺迁乔木松流韵
月洗高秋桂吐香

莺声到此鸣金谷
麟趾于今步玉堂

高堂映日开丹桂
新屋藏春醉碧桃

家富人和梁焕彩
天时地利壁生辉

黄道安门添百福
紫微当户纳千祥

堂构初成千载业
垣墉已筑万年基

堂构森严绳祖武
天葩彩发焕人文

堂构鼎新垂世泽
箕裘晋步振家声

淡酒清茶娱雅客
龙飞凤舞庆新居

焜耀祥光昭画栋
菁葱佳气壮新居

瑞气祥云环画阁
黄莺紫燕贺新居

榕荫中红墙碧瓦
竹帘外绿水青山

新居坐落向阳地
华厦筑成幸福家

新居造就盈门秀
华宇宏开满座春

新屋落成三代喜　　　　　　　鸠工庀材，能支大厦
全家和睦万般兴　　　　　　　燕子鸣贺，爰筑新巢

满座珠玑光善地　　　　　　　画栋凌云，堂开燕喜
几屏书画耀新居　　　　　　　雕梁映日，高第莺迁

人杰地灵，大启尔宇　　　　　金屋玉堂，固称杰构
竹苞松茂，式好无尤　　　　　德门仁里，自是安居

大厦落成，宾朋满座　　　　　南望飞云，雕梁画栋
高楼焕彩，喜气盈门　　　　　西来爽气，玉宇琼楼

门对青山，庭铺芳草　　　　　星耀紫微，辉生画栋
屋临绿水，窗灿梅花　　　　　日占黄道，喜建雕梁

凤振高岗，千祥云集　　　　　美轮美奂，卜云其吉
莺迁乔木，百福骈臻　　　　　肯堂肯构，居之也安

鸟革翚飞，辉生画栋　　　　　起屋开基，百年大计
莺啼燕语，贺集雕梁　　　　　兴家立业，五世其昌

华构落成，红花并蒂　　　　　高第莺迁，大启尔宇
新居焕彩，紫燕双飞　　　　　重门燕喜，聿观厥成

安借高枝，何妨鹤寄　　　　　唯德成邻，莺迁燕喜
春来乔木，大好莺迁　　　　　以文会友，霞蔚云蒸

芳菲满林，为万花谷　　　　　喜建华厦，春风入座
汪洋表度，若千顷波　　　　　乔迁新屋，佳客盈门

庆贺对联

新居焕彩，盈门秀色
华构落成，满座春风

华构新成，红霞朵朵映画阁
春风早惠，紫燕双双上雕梁

新屋厅堂，窗明几净
阖家老幼，心旷神怡

杰地仍幽，水如碧玉山如黛
新居不俗，凤有高梧鹤有松

新屋生辉，凌云耀日
华堂焕彩，射斗冲霄

画栋连云，青松挺立半遮阁
新居焕彩，春燕归来不识家

懋迁化居，莺乔日晋
经营致富，骏业允升

栋宇嵯峨，光凌彩凤天边日
规模壮丽，秀掇金鳌海上春

华构落成，窗前莺并语
新居焕彩，帘外燕双飞

祥瑞霭龙光，居移气养移体
清香凝燕寝，富润屋德润身

大地灵钟，肇成文明之运
华堂瑞霭，弘开富贵之基

喜临华堂，瑞气缭绕百事顺
乐居新屋，祥光普照万代昌

何须玉宇琼楼，方称杰构
即此德门仁里，便是安居

燕巢新宇，呢喃梁上话春色
莺栖画堂，婉转檐前迎旭光

莺歌燕舞，华构春光普照
龙腾虎跃，神州气象一新

燕喜新居，迎得春风栽玉树
莺迁乔木，蔚成大器建家邦

祥发其光，既显高门积庆
大启尔宇，还基奕世宏规

履端伊始，万里征程新跃马
华构初成，百年乔木喜迁莺

人勤地好，画栋拂云连闹市
春暖花红，玉兰绕砌缀新枝

宅第喜增辉，高梧久待朝阳凤
门楣新霭瑞，乔木初鸣出谷莺

贺升学联

升学通用

好学前途远
青年进步多

业精于勤，储材待用
名副其实，有志竟成

烟云连笔墨
星斗焕文章

有志竟成，咸推硕学
乘时致用，不愧通才

文笔插天云作篆
词澜浴日剑成龙

材储栋梁，品同圭璧
术通中外，学贯古今

乐群敬业前途远
身体力行成绩优

科学精研，中西一贯
程途深造，艺学两成

有志竟成深蛾术
得时则驾奋鹏程

菀朴荟英，功全四部
栋梁备用，学足三冬

志且移风宜脱颖
文能载道任挥毫

造就英才，日新月异
招延淑景，时和年丰

胸藏子美千间厦
气压元龙百尺楼

蛾术时修，名扬学界
鹏程正远，望重儒林

骥足历程看异日
龙门发轫在今朝

万里程途，由跬步肇始
百年学问，是寸阴积成

升小学

挥毫列锦绣
抗志凌云烟

学底小成,龙门发轫
材臻大器,鹏翮搏霄

事同发轫求初步
学似为山重始基

发轫自龙门,此日推邑中翘楚
出群夸骥足,他年展天下奇才

欣瞻此日成基础
定卜他年做栋梁

登高必自卑,莫以小成抛远志
壮行基幼学,会看来日展宏猷

升中学

迹奋图南欣步月
群空冀北快登瀛

中道莫停鞭,知行远登高,
　非止境断难息力
频年亲负笈,幸功倍事半,
　较初时已有会心

大器将成,为学原无止境
前程更远,请君更上层楼

为学譬登山,拾级中途,
　会见摄衣凌绝顶
设科如观海,载瞻前路,
　预期破浪展雄图

升大学

大丈夫贵自立
有志者事竟成

如上泰山,登峰造极
似观沧海,破浪乘风

云路鹏程飞万里
瑶池鲲浪跃三千

造诣湛深,高才鸿博
扶摇直上,壮志鹏程

才识超群,学兼中外
文章华国,器是栋梁

升军校

横海伏波,追踪汉杰
乘风破浪,效法宗师

兵法迈孙吴,有志竟成,
　早建立将才基础
战术师欧美,无注不利,
　敢担当武力乾坤

为弧矢而射天地,
　古男子所有事也
执干戈以卫社稷,
　军国民其在斯乎

升师范

铸史镕经,尽皆就范
知新温故,可以为师

业进喜有成,伫看化被菁莪,
　同沾时雨
学成期致用,预卜花开桃李,
　共坐春风

师道克彰,从此才华展骥足
范型足式,于今声价重龙门

宅第对联

- 大门联
- 重门联
- 厅堂联
- 书斋联
- 居室联
- 厨房联
- 姓氏联

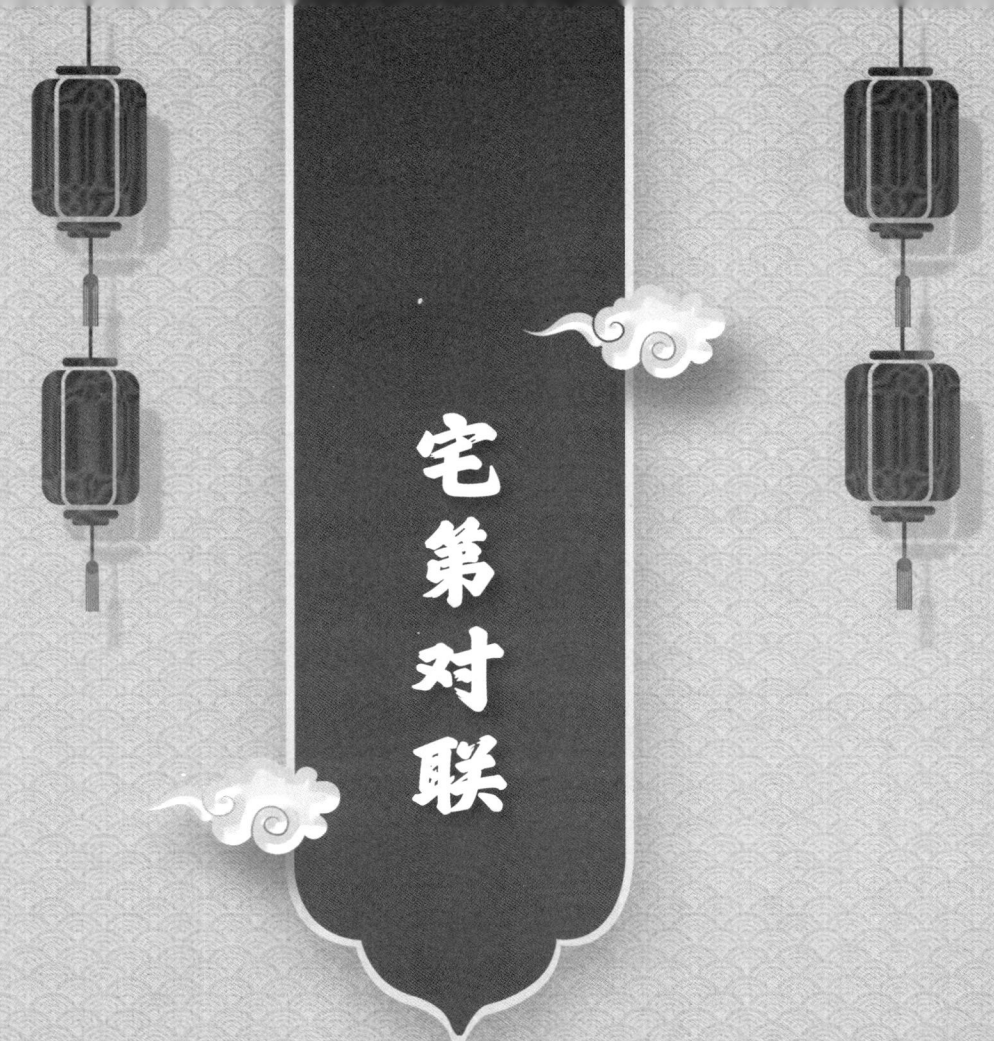

大门联

门庭清且吉　　　　地近亲仁宅
家道泰而昌　　　　门临履善坊

云霞成异色　　　　竹报平安福
花柳发韶年　　　　花开富贵春

风引奇香入　　　　阳春陶物象
瑞证景福来　　　　山水现繁华

文章千古事　　　　运际风云会
孝友一生心　　　　天开日月光

文章能华国　　　　花香入座满
诗礼好传家　　　　草色映阶长

平安居化日　　　　时华新世第
快乐上春台　　　　古道旧家风

北阙晴光动　　　　松柏有真性
南山佳气多　　　　林园无俗情

礼乐光辉盛　　　　苔痕上阶绿
山河气象新　　　　梅气入风香

立德齐今古　　　　明月松间照
藏书教子孙　　　　春风柳上归

诗书绵世泽　　　　　　　　　　淑气腾大陆
礼乐振家声　　　　　　　　　　和风扇早春

诗书敦凤好　　　　　　　　　　雅量涵高远
礼乐秀群英　　　　　　　　　　清言见古今

城阙千门晓　　　　　　　　　　湖山自壮丽
河山万户春　　　　　　　　　　雨露共涵濡

荣光敷草木　　　　　　　　　　瑞日开昌运
佳气满山川　　　　　　　　　　春风酿太和

骅骝开道路　　　　　　　　　　静水环罗带
鹰隼出风尘　　　　　　　　　　奇峰列画屏

桂香清小院　　　　　　　　　　静坐兰为契
梅影上纱窗　　　　　　　　　　虚怀竹可师

莺迁金谷晓　　　　　　　　　　德门呈燕喜
花发锦城春　　　　　　　　　　仁里灿龙光

家吉证祥瑞　　　　　　　　　　德成言乃立
居安享太平　　　　　　　　　　义在利斯长

祥云盈吉地　　　　　　　　　　有竹有梅门第
淑气拥重门　　　　　　　　　　半村半郭人家

梅花传雅韵　　　　　　　　　　郭外青山环抱
瑶草寄幽心　　　　　　　　　　门前绿水潆洄

淑气催黄鸟　　　　　　　　　　一湾流水涵春碧
晴光转绿苹　　　　　　　　　　半角遥山放晓青

十亩苍烟秋放鹤　　　　天上碧桃和露种
一帘凉月夜横琴　　　　门前绿柳受风多

人逢治世居栖稳　　　　天开奎壁文明远
运际阳春气象新　　　　人乐山河锦绣春

人得交游是风月　　　　云间树色千重满
天开图画即江山　　　　门外山光万叠浓

九穗嘉禾征国瑞　　　　云霞词采圭璋度
几株丹桂振家声　　　　川岳精神松柏身

几点梅花添逸性　　　　无瑕品格珍同璧
数声鸟语助吟怀　　　　有价声名重若金

几叠好山野树外　　　　五色凤毛新羽翼
一湾流水小桥西　　　　百年龙马旧家声

三月风光清眼耳　　　　太平有象人同乐
百年书味润心身　　　　天地无私物自春

三星在户人丁健　　　　风清流水当门转
五福临门家道昌　　　　春暖飞花隔岸来

万年枝上春常在　　　　六龙整驭天行健
五色云中日正明　　　　万象含辉地道光

山水略同盘谷序　　　　方寸地中唯种德
楼台浑似辋川图　　　　九重天上自生春

千古文章传性道　　　　心含元气波千顷
一堂孝友乐天伦　　　　坐揽清辉月万川

户庭春暖生光彩　　　　　芝草瑶林新几席
田亩年丰乐太平　　　　　玉杯珠柱古琴书

平安日报琅玕竹　　　　　自构小园称独乐
富贵天开锦绣春　　　　　时当令节作清游

平安即是家门福　　　　　宅近青山同谢朓
孝友可为子弟箴　　　　　门垂碧柳似陶潜

龙行时雨施千里　　　　　安居即是羲皇世
鹤驾春风振九皋　　　　　乐岁还同富贵春

四时花月寒暄里　　　　　阶除晓入风云气
一片湖山锦绣中　　　　　户牖春生翰墨香

兰芽甫茁光仁里　　　　　花开彩槛呈春色
棣萼增辉耀德门　　　　　莺啭芳林报好音

半窗月落梅无影　　　　　园中草木春无数
三泾风来竹有声　　　　　湖上山林画不如

半塌有诗邀月共　　　　　园林桃李争春暖
一春无事为花忙　　　　　岭泾松筠耐岁寒

礼门义路家规矩　　　　　秀水绕门蓝作带
智水仁山古画图　　　　　远山当户翠为屏

礼乐百年承燕翼　　　　　身居化日光天下
诗书千载荷龙光　　　　　家在廉泉让水间

地无寒谷春常在　　　　　明月入帘聊当客
居有芳邻德不孤　　　　　落花满地不开门

明玑良玉荣光起
嘉木名花瑞气多

忠厚留有余地步
和平养无限天机

供石略存稽古意
养花都是爱才心

学以精神通广大
家从勤俭足平安

春涵瑞霭笼仁里
日拥祥云护德门

香浮小院梅花放
翠掩重门燕子闲

重门柳色连金谷
深院花香绕玉堂

举案椿萱娱永日
盈阶兰桂茂长春

海岳烟霞开锦绣
江城花柳焕文章

家声世衍无疆庆
国泰天开不老春

家居瑞日祥云里
人在光风霁月中

诸事随时若流水
此怀何日不春风

梅月横窗成画本
兰风度槛入诗情

黄菊开来三泾好
绿杨分作两家春

景物因人成胜概
太平有象乐时雍

富与日新人迪吉
庆从天赐宅康宁

隔岸雨收莺语柳
绕篱花放客迎门

数竿修竹三间屋
一席清风万壑云

碧天瑞霭千门晓
玉槛春香九陌晴

碧桃丹桂春秋节
翠柏苍松天地心

箕裘事业辉奎壁
阀阅家声振玉堂

德门自然逢好运
仁宅能毂有昌期

宅第对联

璇玑得序天垂象
川岳钟灵地效材

室有芝兰，问谁题凤
门多梅柳，不羡登龙

水秀山明，风清月白
松茂柏节，竹笑兰言

夏鼎商彝，云霞色泽
金枝玉叶，雨露精神

风露清高，烟霞古淡
雷霆精锐，冰雪聪明

高情若云，朗抱如月
和神当春，清节为秋

左壁观经，右壁观史
东涧种柳，西涧种梅

随遇而安，因树为屋
会心不远，开门见山

半日读书，半日静坐
一亩种菜，一亩栽花

丹桂有根，独长诗书门第
黄金无种，偏生勤俭人家

刚日读经，柔日读史
十年树木，百年树人

壮观天地韶光，鸢飞鱼跃
争看山川淑气，柳放梅开

阴阳屑和，天地鼓泰
云霞雕色，草木贲华

日丽中天，睹龙虎风云气象
阳回大地，增山河草木光辉

林气映天，竹阴在地
日长似岁，水静于天

青桂丛深，万里云霄悬斗柄
紫荆花盛，百年天地入春盘

所谓成人，粹然至善
夫唯大雅，卓尔不群

桂馥兰馨，好向英华占瑞兆
鸢飞鱼跃，更从景物见天机

秋月照人，春风坐我
青山当户，白云过庭

霁月和风，一家仁德乾坤厚
碧桃丹桂，万卷诗书雨露新

重门联

三阳临吉地　　　　　物华熙盛世
五福萃重门　　　　　春色霭重门

上苑梅花早　　　　　和风来户宇
重门柳色新　　　　　光彩映重门

小院花荫密　　　　　草掩重门绿
重门草色新　　　　　花飞玉案香

文光迎福地　　　　　映日辉生室
瑞气集重门　　　　　垂花静掩门

甲第千祥集　　　　　重门生百福
重门百福臻　　　　　斗室纳千祥

庆云来碧汉　　　　　重门迎喜气
瑞日映重门　　　　　高第煦春风

阳和辉大地　　　　　重门燕报喜
瑞气霭重门　　　　　吉第莺衔春

青庭留紫照　　　　　祥云笼画阁
朱户映丹霞　　　　　瑞日丽重门

祥开重门晓　　　　　　　香浮深院蝶踪至
瑞敷大地春　　　　　　　翠拥重门燕语新

景星临古地　　　　　　　重门书启迎朱履
旭日照重门　　　　　　　甲第时开萃好音

湛露飞尧酒　　　　　　　重门昼暖花迎户
薰风动舜弦　　　　　　　深院春归燕入帘

小院花香开锦绣　　　　　重门柳色东风暖
重门晓日耀阳春　　　　　复道花香上苑春

风送鸟声来上苑　　　　　重门柳色连青琐
日移花影过重门　　　　　深院花香绕玉堂

风送莺声穿曲巷　　　　　瑞日腾辉临甲第
春移柳色度重门　　　　　文星耀彩映重门

鸟过重门多好语　　　　　满院笙篁齐入韵
花飞满座有清香　　　　　一层门户又增新

阶阴晓入风云气　　　　　一室生春，周旋中礼
户牖春生翰墨香　　　　　重门有喜，迎送如仪

香浮深院梅花发　　　　　庭院暖风，池塘微雨
翠绕重门燕子飞　　　　　桃花春岸，杨柳画桥

厅堂联

一尊对明月　　　　　　　　开泾求三益
三泾来故人　　　　　　　　藏书得百城

八荒开寿域　　　　　　　　云鹤有奇翼
六合启昌期　　　　　　　　飞鸿响远音

人将勤补拙　　　　　　　　无事斯静坐
岁以俭为丰　　　　　　　　有山且闲游

入座香如海　　　　　　　　不俗人皆竹
开门月满天　　　　　　　　闻香我亦兰

上客能论道　　　　　　　　不俗即仙骨
虚怀只爱才　　　　　　　　多情乃佛心

山水敦夙好　　　　　　　　水流心不竞
瑾瑜发奇光　　　　　　　　云在意俱迟

门墙多古意　　　　　　　　长笑对高柳
家世重儒风　　　　　　　　贞心比古松

天趣闲中得　　　　　　　　户牖观天地
心花静里开　　　　　　　　江山出画图

书堂瞻北极　　　　　　　　　　行修而名立
春酒颂南山　　　　　　　　　　理得则心安

平生怀直道　　　　　　　　　　会心今古远
大化扬仁风　　　　　　　　　　放眼天地宽

鸟啼诗梦醒　　　　　　　　　　江山开眼界
茶熟友人来　　　　　　　　　　风雪炼精神

立身当绝顶　　　　　　　　　　观水悟天趣
尚古得同心　　　　　　　　　　临觞怀古人

对酒逢知己　　　　　　　　　　寿同山岳永
观书见古人　　　　　　　　　　福共海天长

地逢芳节应　　　　　　　　　　寿酒浮云液
风与太初邻　　　　　　　　　　蟠桃映彩霞

有容德乃大　　　　　　　　　　花下兄宜弟
能忍量斯宏　　　　　　　　　　堂前子奉亲

至人心若镜　　　　　　　　　　花泾晴光霭
壮士气如虹　　　　　　　　　　华堂瑞气浮

至人无异趣　　　　　　　　　　身安茅屋稳
静者得长生　　　　　　　　　　性定菜根香

竹室依花槛　　　　　　　　　　努力崇明德
松云护草堂　　　　　　　　　　随时爱景光

传家唯德业　　　　　　　　　　松柏有本性
瑞世有文章　　　　　　　　　　山水含清晖

松柏静而寿　　　　　　春秋多佳日
芝兰香更清　　　　　　山水含清辉

松菊开三泾　　　　　　相与看所尚
琴书萃一堂　　　　　　时还读我书

忠恕能成德　　　　　　面山如对画
勤俭可助廉　　　　　　留客拟弹琴

知足随所遇　　　　　　幽兰得秋气
无事不可言　　　　　　修竹引清风

和风生玉树　　　　　　竹送清溪月
瑞霭映瑶池　　　　　　松摇古谷风

享人间清福　　　　　　恪勤在朝夕
寄物外闲身　　　　　　怀抱观古今

学贯天人际　　　　　　举杯邀明月
名争日月光　　　　　　荡胸生层云

试墨书新竹　　　　　　客来花欲笑
张琴和古松　　　　　　人与月同清

诗书为事业　　　　　　桐高垂凤彩
山水作邻家　　　　　　松老作龙鳞

诗书敦上古　　　　　　桃李成蹊泾
忠孝则前修　　　　　　江山入画图

承家多旧德　　　　　　积德培麟趾
继代有清风　　　　　　传经起凤毛

豹隐南山雾
鹏抟北海风

谢事养生道
清心却病方

高才谈白雪
逸翰干青云

椿萱欣同茂
兰桂喜共芳

高怀同霁月
雅量洽春风

静观欣有得
朗抱不由人

家风端自守
天命不吾欺

静者心多妙
飘然思不群

堂上金萱茂
阶前玉树荣

碧梧来天凤
沧海跃人龙

得山水清气
极天地大观

嘉谷心田种
名花性地培

唯勤能补拙
尚俭可成廉

醉谈天下事
笑读古人书

清风挺松柏
逸气上烟霞

人生当知自足
静修可与贤齐

斯文在天地
至乐寄山林

于书无所不读
凡物皆有可观

雅韵人间满
春风座上生

大富贵亦寿考
崇道德能文章

棠棣开双萼
琴书萃一堂

云梦气吞八九
沧溟水击三千

文气曲于流水
天怀和若春风

书读秦汉以上
家在廉让之间

玉笛几声明月
瑶琴一曲熏风

未能一日寡过
恨不十年读书

有猷有为有守
希贤希圣希天

竹雨松风梧月
茶烟琴韵书声

守有度，节有礼
尊所闻，行所知

近知近仁近勇
立德立功立言

放怀形骸以外
浪迹山水之间

雅言诗书执礼
益友直谅多闻

道德根于孝悌
清白传之子孙

一心似水唯平好
万事如棋不著高

一帘疏雨王维画
四壁云山杜甫诗

一庭之内有至乐
六经以外无奇书

一觞一咏形骸外
不惠不夷可否间

十年好客垂青眼
一路看山到白头

人心若路直行好
世事如棋宽着高

人世难逢开口笑
老夫聊发少年狂

人间岁月闲难得
天下知交老更亲

大雅不群自宏达
盛时所乐是清平

大翼垂天四万里
长松拔地三千年

万里长空开眼界
一川春水润心田

万事莫如为善乐
百花争比读书香

元鹤苍松双献寿
玉麟丹桂两呈祥

万物静观皆自得
四时佳兴与人同

无事且从闲处乐
有书时向静中观

万卷奇书千日酒
数巡香茗一枰棋

无瑕人品清于玉
不俗文章淡似仙

小草何曾资地力
异花原不借春功

不除庭草留生意
爱养盆鱼识化机

山泾摘花春酿酒
竹溪留月夜烹茶

日长萱草连云秀
风静兰芽带露香

凡事但求过得去
此心总要放平来

日色射云时弄影
桂枝含露自生香

门通画舫常留客
宅近名山好著书

日融春色桃花笑
风约秋声桂子香

子孙好守儒门学
乡里犹称善士家

水光入座琴书润
花气迎人笑语香

天上庆云昭世瑞
庭前玉树绍书香

水如碧玉山如黛
诗满红笺月满庭

天地间诗书最贵
家庭内孝友为先

水能性淡为吾友
竹解虚心是我师

天静斗横谈剑处
春深花覆读书庭

长留心地无穷趣
最爱书田不老春

风送茶烟浮竹叶
月明梅影上纱窗

书因鸟迹皆成篆
文是龙心不待雕

风流人物东西晋
磊落文章大小苏

书有未曾经我读
事无不可对人言

凤毛五色文章美
骏马千金声价荣

书到用时方恨少
事非经过不知难

六经读罢方拈笔
五岳游归不看山

书非药物能医俗
家近云山亦养年

文章真处性情见
谈笑深时风雨来

书囊应满三千卷
人品当居第一流

斗酒纵谈廿二史
瓣香细读十三经

玉树摩云天尺五
蟠桃捧日岁三千

心无俗虑精神爽
室有清谈智慧开

玉峰久贮书千卷
珠树长栖凤九苞

心如蕉雨松风静
人与山光水性闲

古人所重在大节
君子与学无常师

为爱鸟声多种树
因留花气久垂帘

世间好事忠和孝
天下良图读与耕

引来绿水归池沼
长爱青山在户庭

世事沧桑心事定
胸中海岳梦中飞

书田菽粟皆真味
心地芝兰有异香

传家礼乐宗东鲁
经世文章齐盛唐

传家有道唯存厚
处世无奇但率真

至乐事莫如为善
有福人方肯读书

白鸟多情留我住
青山无语看人忙

自喜轩窗无俗韵
亦知草木有真香

立身苦被浮名累
涉世无如本色难

行事莫将天理错
立身宜与古人争

立定脚跟竖起脊
张开眼界放平心

多留隙地补明月
不筑高墉碍远山

立脚怕随流俗转
留心学到古人难

充海阔天高之量
养先忧后乐之心

半榻有诗邀月共
一春无事为花忙

守正行权真事业
平矜节欲大功夫

百尺楼台瞻紫气
三春花鸟醉东风

尽日相亲唯有石
长年可乐莫如书

百年燕翼唯修德
万里鹏程在读书

好书不厌看还读
益友何妨去复来

百忍居家为上策
三思处世是良谟

花木一庭得春气
图书万卷生古香

百事无如为善乐
一生只是读书佳

孝悌传家绳祖武
诗书继世翼孙谋

有子才如不羁马
知君心似后凋松

两三竿竹见君子
千万卷书思古人

匣中剑气摇山岳
座上珠光映斗牛

事以利人皆德业
言堪持赠即文章

吟成好句花皆舞
谈到奇书兴欲狂

事到可传都近癖
人非有品不能贫

每欲清谈逢客至
偶思小饮报花开

奇石尽含千古秀
异花长占四时春

言行为立身大节
诗书乃济世良谟

到处溪山如旧识
此间风物属诗人

闲中得句诗无草
醉里裁笺笔有花

齿牙吐慧艳于雪
肝胆照人清欲秋

闲从世外观今古
懒向人间问是非

昌黎文必自己出
君实事可对人言

闲看秋水心无事
坐对长松气自豪

智水仁山千古秀
琪花瑶草四时春

沧海六鳌瞻气象
青天一鹤见精神

知多世事胸襟阔
阅尽人情世界宽

忍而和齐家善策
勤与俭创业良图

知足乃为真富贵
吃亏方占大便宜

青萍白璧原无价
天马云龙自不群

沽酒独教陶令醉
著鞭莫使祖生先

择交须是求三益
克己还宜守四箴

治家用勤俭二字
接物须和平一生

卷里有诗皆锦绣
人间无价是文章

威凤祥麟瞻气象
浑金璞玉具精神

学浅自知能事少
礼疏常觉慢人多

品似梅花香在骨
心如秋水淡为神

诗入司空廿四品
帖临大令十三行

品题云山归画卷
收罗风月到诗篇

诗与青山俱秀色
人将白鹤共流年

钟鼎山林各天性
风流儒雅亦吾师

居身不使白玉玷
立志直与青云齐

种就福田如意玉
养成心地吉祥云

居家自有天伦乐
处世唯存地步宽

种德如培佳子弟
拥书权拜小诸侯

春风大雅能容物
秋水文章不染尘

秋月当窗云影淡
春风拂槛露华浓

春风堂上初来燕
香雨庭前新种花

秋水为神玉为骨
词源如海笔如椽

春雨一帘苏子赋
秋烟半壁米家山

秋水为神玉为骨
桂花能子竹能孙

柏叶长吟三祝颂
梅花永晋万年觞

庭前细雨东坡竹
池上清风茂叔莲

茶瓯乍泛桃花浪
檀篆初焚桂子香

洲连岛屿烟霞外
人在蓬莱阆苑中

室有芝兰气味别
胸无城府天地宽

客去茶香留舌本
睡余书味在胸中

屏开北苑春山画
架有南华秋水篇

绕庭松竹留清韵
满座图书发古香

真读书人天下少
不如意事古来多

莫放春秋佳日过
最难风雨故人来

栽竹尽成双凤尾
种松皆作老龙鳞

栽桂培兰香几席
品松种竹荫门庭

爱竹不除当路笋
惜花留得碍人枝

高堂紫气浮春幕
上国红云绕翠微

高敞轩窗迎海月
预栽花木待春风

凌云老干松偏健
带雨新芽桂欲香

凌云树有千寻势
映日花开百和香

烟霞尽入新诗卷
山水遥展古画图

瓶花落砚香归字
窗竹鸣琴韵入弦

家藏瑶草香延客
人与梅花淡结邻

诸葛一生唯谨慎
吕端大事不糊涂

读书众壑归沧海
下笔微云起泰山

读书当观其气象
交游求益于身心

课子课孙先课己
成仙成佛且成人

陶令酒杯三径菊
杜陵诗草百花潭

陶情不出琴书外
遣兴多应水石间

能受苦方为志士
肯吃亏不是痴人

能勤德业唯良友
有益身心在好书

梅是几生修得到
竹真一日不可无

菊卉不为春色动
梅花偏欲斗雪开

笠泽鱼肥人脍炙
洞庭柑熟客分金

得意琴书皆作友
会心鱼鸟亦亲人

逸情老我书千卷
淡意可人梅一窗

唯大英雄能本色
是真才子自风流

清风无私雅爱我
修竹有节长呼君

清言如晋人足矣
沽酒以汉书下之

绿沼墨痕因洗砚
庭余雪迹拟弹琴

智水仁山千古秀
琪花瑶草四时春

窗前绿满王孙草
池上香清君子花

鹏飞沧海形难见
鹤到青霄势未回

数点雨声风约住
一枝花影月移来

数笏石存山意思
一帘花得月精神

漫扫白云寻鸟迹
闲锄明月种梅花

墨池香霭花间露
茗鼎烟浮竹外云

德行人间金管记
姓名天上碧纱笼

德作根基仁作福
义为正路礼为门

鹤群常绕三株树
花气浑如百合香

羲皇以上怀陶令
山水之间乐醉翁

鹭鸥心性思沧海
芝兰子弟在庭阶

仁义自修，君子安乐
诗礼之教，家人利贞

一年种谷，十年种木
百万买宅，千万买邻

凤翥龙翔，鸢飞鱼跃
竹苞松茂，桂馥兰香

十二峰以外多古迹
廿四史而后无奇书

为善读书，是安乐法
栽花种竹，生妙明心

大海有真能容之度
明月以不常满为心

玉节金和，浑然元气
礼耕义种，大有丰年

义路悬规，礼门植炬
和神当春，清节为秋

玉振金声，于时为瑞
和风甘雨，乃世之祥

王谢门才，机云世泽
神仙福慧，山水因缘

东壁图书，西园翰墨
南华秋水，北苑春山

天上胜游，曰清虚府
人间仙境，有武陵源

北苑评梅，东篱种菊
春山听鸟，秋水鸣鸥

天半朱霞，云中白鹤
山间明月，江上清风

有客登堂，非陶即谢
当春绕室，唯芝与兰

云现吉祥，星名福寿
花开富贵，竹报平安

当会意时，山川助我
到忘机处，鱼鸟亲人

见人之过，若己有失
于理既得，即心所安

观五岳而知众山小
凡百川咸于大海归

见善思迁，见贤思齐
大勇若怯，大智若愚

坐到二更，合眼即睡
心无一事，敲门不惊

言易招尤，少说几句　　　　　　　柳骨颜筋，千秋楷法
书能益智，多读数行　　　　　　　韩潮苏海，万顷文澜

初日芙蓉，晓风杨柳　　　　　　　看尽奇观，不如书卷
午晴芍药，夜雨芭蕉　　　　　　　尝来滋味，无过菜根

劲节清心，得寿者相　　　　　　　柔日读经，刚日读史
金坚玉质，为君子人　　　　　　　无酒学佛，有酒学仙

和而不同，群而不党　　　　　　　莲出绿波，有君子德
今人与居，古人与稽　　　　　　　兰生幽谷，为王者香

佳兴忽来，诗能下酒　　　　　　　能忍自同，知足常乐
豪情一注，剑可赠人　　　　　　　群居守口，独坐防心

俭可助廉，勤可补拙　　　　　　　得山水情，其人多寿
恭以持己，恕以诗人　　　　　　　饶诗书气，有子必贤

金玉其心，芝兰其室　　　　　　　欲立根基，无如为善
仁义为友，道德为师　　　　　　　能光门第，只有读书

学士青莲，尚书红杏　　　　　　　落花无言，幽鸟相逐
中郎绿绮，内史黄庭　　　　　　　可人如玉，清风与归

学道爱人，春来有脚　　　　　　　谢安石有山泽间气
平情应物，云出无心　　　　　　　苏东坡是神仙中人

春花秋月，不少佳趣　　　　　　　蓬莱隔弱水三万里
高山流水，别有知音　　　　　　　上古有大椿八千秋

相遇无言，流水今日　　　　　　　翠竹盈窗，红梅入座
不期而至，清风故人　　　　　　　青云在抱，秋水为神

实用对联集萃

蔼若芝兰，无尘俗气　　　　　为伦类中所当行之事
温如金玉，有长者风　　　　　作天地间不可少之人

霁月光风，高人器度　　　　　庭有余香，谢草郑兰燕桂树
春华秋月，大块文章　　　　　家无别物，唐诗晋字汉文章

颜鲁公书，力透纸背　　　　　守东平王格言，不外为善二字
吴道子画，意在笔先　　　　　遵司马公家训，只在积德一端

几百年人家，无非积德　　　　富贵贫贱总难称意，知足即为称意
第一等好事，还是读书　　　　山水花竹无恒主人，得闲便是主人

书斋联

水清鱼读月　　　　　　　　　风月资吟啸
山静鸟谈天　　　　　　　　　烟霞得性情

风云三尺剑　　　　　　　　　文章千古事
花鸟一床书　　　　　　　　　花月一帘春

风月畅怀抱　　　　　　　　　文墨有真趣
琴书悦性灵　　　　　　　　　园林无俗情

以文常会友　　　　　　　　伴我书千卷
唯德自成邻　　　　　　　　可人花一帘

且对一壶酒　　　　　　　　闲展羲之帖
更读数行书　　　　　　　　高吟白也诗

鸟鸣千户竹　　　　　　　　间襟坐霄汉
书枕一窗风　　　　　　　　落笔出风云

有书常满架　　　　　　　　词倾三峡水
唯德自成邻　　　　　　　　笔扫九天云

池鱼吞墨影　　　　　　　　把酒时看剑
林鸟和书声　　　　　　　　焚香夜读书

池圃足高趣　　　　　　　　松竹开幽径
图书发古香　　　　　　　　图书发古香

汲古得修绠　　　　　　　　雨过琴书润
开琴弄清弦　　　　　　　　风来翰墨香

兴来常对酒　　　　　　　　奇书窥鸟迹
意到即成书　　　　　　　　香茗出龙团

花月新知己　　　　　　　　诗书守素业
琴书旧友人　　　　　　　　桃李艳春光

芳兰君子性　　　　　　　　诗书敦夙好
松柏古人心　　　　　　　　山水有清音

但见花开落　　　　　　　　诗书敦夙好
不言人是非　　　　　　　　园林无俗情

诗写梅花月　　　　　　室雅何妨小
茶烹谷雨春　　　　　　花香不在多

诗酒存真味　　　　　　客来唯煮茗
图书寄古情　　　　　　独坐但焚香

细雨闲开卷　　　　　　诵诗闻国政
微风独弄琴　　　　　　讲易见天心

春风摩剑气　　　　　　射虎期穿石
夜雨度书声　　　　　　闻鸡愿著鞭

思飘云物外　　　　　　铁肩担道义
诗入画图中　　　　　　妙手著文章

泉林容我静　　　　　　宽心应是酒
名利任人忙　　　　　　遣兴莫如诗

泉清堪洗砚　　　　　　朗抱开晓月
山秀可藏书　　　　　　高文激颓波

庭梅香笔砚　　　　　　著书惊日短
窗月照琴书　　　　　　看剑引杯长

闻鸡晨舞剑　　　　　　黄卷挑灯阅
借萤夜著书　　　　　　桐琴候月弹

洗砚鱼吞墨　　　　　　得句邀新月
烹茶鹤避烟　　　　　　披书坐落花

举杯怀北海　　　　　　欲折三秋桂
临帖仿东坡　　　　　　须穷万卷书

清歌凝白雪
逸气干青云

琴书多古意
木石澹幽居

琴清鹤自舞
花好鸟能歌

提笔作新句
开书见古人

棋轩修竹满
琴室惠风清

雅琴飞白雪
高论横青云

窗开千里月
砚洗一溪云

数椽临水竹
一室贮琴尊

瑶琴清月夜
彩笔绚星文

墨研清露月
琴响碧天秋

红藕香中酒味
碧萝阴里琴声

竖起脊梁处世
放开眼孔观书

剑气纵横秋水
文心淡冶春云

架上南华秋水
屏间北苑春山

望崦嵫而勿迫
恐鹈鴃之先鸣

一代翰林风月手
六朝兰锜谢王家

一字千金羲之帖
百篇斗酒白也诗

一帘风月王维画
四壁云山杜甫诗

一帘花影云垂地
半夜书声月在天

一庭花发来知己
万卷书开见古人

一室图书自清洁
百家文史足风流

几树梅花半轮月
数帘诗卷一炉香

三泾菊松陶靖节
一船书画米襄阳

太傅心情托山水
子瞻风骨是神仙

才子旧称何水部
诗家今谓鲍参军

与有肝胆人共事
从无字句处读书

万卷藏书宜子弟
十年种木起风云

内典相传唐翰墨
清言犹见晋风流

小诗试拟孟东野
大草闲临张伯英

水色山光皆画本
花香鸟语是诗情

山色苍茫书卷里
溪光掩映画图中

从来名士皆耽酒
未有佳人不读书

千古文章书卷里
百花消息雨声中

乌丝栏拓黄庭帖
绿绮琴弹白雪歌

千古声名双管笔
六朝花柳一家春

风月一庭为良友
诗书半榻是严师

已栽桃李成新荫
且拥图书卧白云

风来松度龙吟曲
雨过庭余鸟迹书

天下几人学杜甫
诗中自合爱陶潜

风送花香研笔砚
月移竹影映琴书

开卷独游千载上
闭门如在万山中

风摇竹影书笙乱
花绕阑干几砚香

开卷群言守其雅
抚琴六气为之清

凤翔千仞虚丹穴
鹏抟九霄向紫微

文当妙处风行水 古墨半浓评砚谱
夜正中时月满天 新泉初沸补茶经

文成蕉叶书犹绿 石是米颠袖里出
吟到梅花句亦香 诗从摩诘画中来

斗酒纵观廿一史 北海乐交天下士
炉香静对十三经 东山笑读古人书

书山有路勤为径 旧书细读犹多味
学海无涯苦作舟 佳客能来不费招

书当快意容易读 四壁图书聊当酒
客有可人胡不来 一帘花雨欲催诗

书似青山常乱叠 白菊开时习作画
灯如红豆最相思 黄鹂啭后效吟诗

书声读落三更月 半窗风月供闲卧
笔阵扫开万里云 一榻琴书伴啸吟

书剑夜深光射斗 半榻茶烟春雨后
墨池春暖笔生花 小栏花韵午晴初

未忘麈尾清谈兴 半榻茶烟邀素月
常读蝇头细字书 一帘花雨读南华

未解茶经评水味 对松几许成知己
自修琴操辨桐音 看竹何须问主人

古纸硬黄临晋帖 有关国家书常读
短笺匀碧写唐诗 无益身心事莫为

竹里静消无事福　　　　收入云山归画卷
花间补读未完书　　　　品题风月到诗篇

名花照眼春光满　　　　好山入座清如洗
奇句开天妙论高　　　　佳树当窗翠欲流

名画要如诗句读　　　　好书悟后三更月
古琴兼作水声听　　　　良友来时四座春

交情郑重金相似　　　　好古不求秦以下
诗韵清高玉不如　　　　游心多在物之初

衣襟半染烟霞气　　　　好句琢低庭上月
诗卷长留天地间　　　　闲棋敲落树边花

闲户唯宜人事少　　　　抚琴顿觉溪山响
读书不觉日光迟　　　　看剑还惊星斗寒

闭户著书忘岁月　　　　芸草阶前时展卷
挥毫落纸如云烟　　　　芳兰室内夜焚香

灯火夜深书有味　　　　花如解语还多事
墨花晨湛字生光　　　　石不能言最可人

兴酣落笔摇五岳　　　　花香满座客对酒
游倦闭门图九州　　　　灯影隔帘人读书

论古欲追千载上　　　　花影四时频拂槛
读书最好五更初　　　　剑光五夜直凌霄

论事每怀千古上　　　　医俗有方书是药
读书最爱四更初　　　　酌花无侣月为朋

每闻善事心先喜
得见奇书手自抄

秀句惊人时夏玉
清风绕室只栽梅

我书意造本无法
此老胸中常有诗

但有余闲唯学帖
即逢佳客莫谈天

闲窗听雨开书卷
水阁看云上翠微

鸡足观书挑夜雨
鹤头临帖写春云

纸砚凝霜供小草
胆瓶吹雪试新茶

林间度曲抛棋局
岩下分泉醉酒杯

松风临水朝磨剑
竹影当窗夜读书

松韵听多尘意净
菊英餐久世情疏

雨余窗竹图书润
风过瓶梅笔砚香

到来有自林泉意
坐久时闻翰墨香

佳卉分栽春一座
异书补读月三更

性懒全抛世俗事
心贪只爱古人书

诗书千载经纶事
松竹四时潇洒心

诗成掷笔仰天笑
酒酣拔剑斫地歌

春庭草色和烟暖
午夜书声带月寒

茗枕炉香闲供奉
瓶花盆石小经营

砚纸静临新获帖
铜瓶闲漫欲开花

种树喜培佳子弟
拥书权拜小诸侯

重帘不卷留香久
古砚微凹聚墨多

须将苦力融今古
莫把空谈误世人

庭余草色饶文思
座有兰言洽素心

座满春风书带翠
光凌夜斗剑锋青

染指每因晨涤砚
折腰只为晚浇花

悟到前身就是月
数来好友莫如书

美酒饮教微醉后
好花看到半开时

烧柏子香读周易
滴荷花露写唐诗

养树十年堪任栋
拥书万卷亦专城

酒到韵时诗亦醉
花当明处月还香

除却诗书何所癖
独于山水不能廉

消磨岁月书千卷
啸傲乾坤酒一壶

架上琳琅书万卷
窗前灯火夜三更

读书已过五千卷
此墨足支三十年

校书长爱阶前月
品画激闻座右香

梅影横窗知月上
兰香入户觉风来

爱书护似连城璧
藏砚多于负郭田

虚心竹有低头叶
傲骨梅无仰面花

爱客常开新酿酒
呼童时展旧藏书

得好友来如对月
有奇书读胜看花

爱看春山疑读画
静研古墨试听香

清谈如晋人足矣
沲酒以汉书下之

宅第对联

窗临水曲琴书润
人读花间字句香

左壁观图，右壁观史
无酒学佛，有酒学仙

窗映早梅书映雪
池生春草笔生花

好花四时，明月千古
远峰一角，奇书半床

新得园林种树法
喜闻子弟读书声

身无半亩，心通天下
读破万卷，神交古人

漫研竹露题唐句
细嚼梅花读汉书

学如逆水行舟，不进则退
心似平原走马，易放难收

碧纱映月烹新茗
红袖添香读异书

此地有崇山峻岭，茂林修竹
是能读三坟五典，八索九丘

精神到处文章老
学问深时意气平

何物动人？二月杏花八月桂
有谁催我？三更灯火五更鸡

燃名香宜对古画
见明月如来故人

谈笑有鸿儒，浊酒好同今夕醉
驾言寻凤侣，奇书应共故人看

一庭之内，自有至乐
二经以外，别无奇书

沧海日，赤城霞，峨眉雪，巫峡云，洞庭月，彭蠡烟，潇湘雨，武夷峰，庐山瀑布：合宇宙奇观绘吾斋壁

天下文章莫大乎是
一时贤士皆从之游

少陵诗，摩诘画，左传文，马迁史，薛涛笺，右军帖，南华经，相如赋，屈子离骚：收古今绝艺置我山窗

仁义自治，有为有守
琴书作乐，乃息乃游

——邓石如

居室联

云拥妆台晓
花明绣户香

名士酎春酒
佳人读异书

云傍妆台晚
春生绣阁凉

旭日芝兰秀
春风瑟琴和

日暖兰芽秀
风清桂子香

松柏老而健
芝兰清且香

丹桂月中种
金芝海上芳

松柏年年茂
椿萱世世荣

玉案琴声润
纱窗燕语娇

松柏盈庭茂
芝兰绕砌荣

玉麟衔宝历
丹凤引韶箫

幸福欣增进
爱情乐自由

对镜青鸾舞
当窗紫燕飞

诗句题鹦鹉
箫声引凤凰

百岁荆花茂
三秋桂子香

春信梅花报
秋香桂子登

春晴花结子　　　　　　　　琴樽偕玉案
日暖燕呼雏　　　　　　　　兰桂毓春风

春暖桃花发　　　　　　　　漏残珠阁晓
秋高桂子香　　　　　　　　香暖玉炉春

春暖舒麟趾　　　　　　　　舞鹤衔芝绕
秋高起凤毛　　　　　　　　祥麟吐玉来

秋露滋丹桂　　　　　　　　燕语雕梁晓
春风醉碧桃　　　　　　　　花明玉砌春

莲房千子熟　　　　　　　　鹤林增古算
绣阁百花开　　　　　　　　鸠杖引齐眉

绣户飞金凤　　　　　　　　移石栽花种竹
香帏育玉麟　　　　　　　　烹茶酌酒围棋

绣户栖三凤　　　　　　　　人间锦绣藏金屋
琼林茂五枝　　　　　　　　天上笙歌送玉麟

绣户祥光满　　　　　　　　几生修到梅花骨
纱窗曙色新　　　　　　　　一代争传柳絮才

惜花春起早　　　　　　　　几曲玉箫和凤侣
爱月夜眠迟　　　　　　　　一窗明月舞梅花

绿竹生孙早　　　　　　　　从来淑女皆知礼
红梅结子多　　　　　　　　未有佳人不读书

琴瑟春常在　　　　　　　　月赠天香生桂子
芝兰德自馨　　　　　　　　春培国瑞发兰英

玉树临风森画阁
朱光映月透纱窗

秋月窥帘云影淡
春风拂槛露华浓

玉槛烟浮迎日丽
纱窗风细入梅清

前身来自众香国
佳句朗如群玉山

玉燕怀中先兆瑞
石麟天上早呈祥

室静不闻喧鸟雀
楼高唯见有风云

兰阶日暖生麟趾
桂阁风轻起凤毛

珠帘日暖调鹦鹉
画槛春深醉海棠

吉祥草茁深闺暖
富贵花开满室春

珠帘夜静邀明月
绣闼春深护彩云

秀发芝兰山海茂
永偕琴瑟地天长

珠树好栖千岁鹤
玉阶先发一枝春

纱窗坐对三更月
绣幕闲消一局棋

晓日入帘春昼永
篆烟当座午风轻

青鸾对舞芙蓉镜
紫燕双栖玳瑁梁

绣阁风和箫引凤
蓝田春暖玉生春

雨润兰荪香楚畹
春晖玉笋秀蓝田

绣阁生香青镜舞
琼楼得月紫箫吹

春入翠帏花有色
风来绣阁玉生香

菱花光映纱窗晓
竹叶香浮绣户春

柳絮因风春咏雪
梅花落月夜弹琴

琴鸣瑟和征祥瑞
桂子兰孙兆异香

琴音瑟韵偕连理
桂秀兰馨庆泽余

阖家幸福增无限
满室春风酿太和

琴瑟永谐千岁乐
芝兰同介百年春

箫声旋绕秦楼月
琴韵幽清楚岫云

喜见红梅多结子
笑看绿竹又生孙

鹤梳皓羽三千岁
榴络金沙百子图

椿花萱萼连枝茂
桂子兰芽绕砌香

鹦鹉杯中浮竹叶
凤凰琴里落梅花

厨房联

四时烹鼎俎
五味和盐梅

寻常无异味
鲜洁即家珍

用心调鼎鼐
洗手做羹汤

坐引中厨馔
筵开北海樽

用火分文武
入盐定淡咸

灶为五祀长
泉乃一家需

讲究易牙味
精研郇伯厨

味识双鱼美
甘分五饼香

庖厨初送暖　　　　　　　　　　漫夸新食谱
鼎鼐自生香　　　　　　　　　　不改旧家风

庖厨新气象　　　 燮理盐梅手
鸡黍旧家风　　　　　　　　　　调和鼎鼐才

秋日莼鲈美　　　　　　　　　　交以道，接以礼
霜天稻蟹肥　　　　　　　　　　朝曰饔，夕曰飧

家珍罗鼎鼐　　　　　　　　　　放开肚皮吃饭
新味荐馨香　　　　　　　　　　立定脚跟做人

调羹夸妙手　　　　　　　　　　菊英餐，兰佩纫
分肉有奇才　　　　　　　　　　布衣暖，菜饭香

调羹推傅说　　　　　　　　　　饘于是，粥于是
宰割羡陈平　　　　　　　　　　饮庶几，食庶几

盐梅经济用　　　　　　　　　　八口生涯菰米饭
气味自调匀　　　　　　　　　　四时滋味菜根香

菜根多本味　　　　　　　　　　入厨且问调羹事
蔬食乐清贫　　　　　　　　　　在位何嫌越俎谋

常餐不可费　　　　　　　　　　三升畲粟香炊饭
客饭自宜丰　　　　　　　　　　一把畦菘淡煮羹

绮筵铺锦绣　　　　　　　　　　山间种树高透屋
金鼎重盐梅　　　　　　　　　　石上分泉直到厨

煮茶烹活火　　　　　　　　　　山肴野蔌含真味
烧笋起炊烟　　　　　　　　　　麦饭菜羹养太和

叼惠齿牙谙世味
不贪口腹养天真

调百珍是调元手
惜五谷为惜福人

市井鱼羹慈母饭
田家鸡黍故人餐

调和五味承金鼎
掇拾群芳补太和

争夸陈子能分肉
漫说庖丁善解牛

粒米皆从辛苦得
寸薪不是等闲来

休说飧蔬无兼味
须知菽粟有真香

淡饭两飧消岁月
清茶一盏度春秋

江村入画炊香早
野馔分尝滋味新

椒酿和来春可味
梅盐调入鼎生香

树酿和来春有味
梅盐调入鼎生香

喜怒哀惧爱恶欲
柴米油盐酱醋茶

品味休夸易牙美
清香可比郇公厨

曾传宰相调羹手
可识阿衡负鼎心

食德饮和真福食
肴仁馔义是佳肴

扫地焚香，清福已具
粗茶淡饭，乐天不忧

爱客多藏中圣酒
延交时割故人鸡

吾无佳肴，我有旨酒
若做和羹，尔唯盐梅

宰天下有如此肉
治大国若烹小鲜

食不厌精，脍不厌细
无酒学佛，有酒学仙

宰割三鲜贤者事
调和五味圣人情

剪韭炊粱，高人食谱
断齑画粥，寒士家风

一粥一饭，当思来之不易　　　唯有春韭秋蔬，仍足适口
寸薪寸木，恒念物力维艰　　　不求山珍海错，亦堪朵颐

丁　氏
刻木孝亲绵世泽
梦松应兆振家声

习　氏
德明炳炳节度使
景智彪彪大将军

干　氏
颍川世泽千秋盛
存仁家声万代隆

于　氏
忠肃精忠誉第一
成龙清政世无双

万　氏
槐里堂上仁义汉
扶风郡中世代传

上官氏
奉嫂抚孤，名扬宋史
量才评士，梦应昭容

卫　氏
诗咏柏舟，义全贞妇
图成笔阵，传自妇人

习　氏
史笔擅春秋之誉
岘山留沼薮之华

马　氏
伯益源长流万派
扶风世系固千秋

铜柱标功，将军世泽
金阶励节，御史家声

王　氏
百代风流追两晋
一门忠孝仰三槐

卧冰孝友垂家法
挥麈风流启世祥

盖代文章唐四杰
传家孝友晋三公

博物家声扬五里
汝南世泽衍三槐

源溯三槐宏世德
孝传双鲤笃家风

云　氏
燕翼诒谋，光分星岛
虎符秉节，瑞集云山

支　氏
五经淹通，词林闻望
三支博识，家学渊源

元　氏
才子诗宫嫔喜咏
列女传学士增修

韦　氏
玉润冰清三宿业
畲荣梓茂一经昭

木　氏
乔木已资先代植
深根尤冀后人培

尤　氏
矢志清贞，怡然自若
力崇道学，近世所无

车　氏
萃涣合离，於焉观礼
敦宗睦族，抑曰辨贤

戈　氏
都督著千城之绩
提举倡正学之风

区　氏
文光荟萃千秋颂
瑶气晶莹万物华

巨　氏
良掾吏名齐李固
勇统制战胜戚方

贝　氏
清水一湾天然画
河山万里锦绣图

水　氏
慈爱廉明知邵武
鞠躬尽瘁赈丹阳

牛 氏
井水发源绵世泽
牛星显耀启人文

颍水一支分派久
延河两岸卜居多

毛 氏
系出西河绵世泽
派由东鲁振家声

太极所生，历钟瑞气
华胄之后，代有达人

勾 氏
圣门高弟承道学
章阙忠臣上疏章

卞 氏
六十代忠贞苗裔
八百年富贵花王

源自殷商流光远
望出济阳世泽长

文 氏
庐山俊杰蜀山秀
潞国兴民信国忠

洛社英风昌百代
文山浩气壮千秋

方 氏
明代孤忠绵世泽
周家元老诉家声

富文标榜，上承六桂
元老壮猷，远绍一山

邓 氏
云台首选无双士
汉室中兴第一功

功高东汉传千古
系沂南阳第一家

紫阁公侯高世第
云台将相大家风

孔 氏
正派千年分泗水
芳声百代重尼山

宗国馨香传永世
尼山统绪本先型

泗水渊源，唯传诗礼
尼山苗裔，永享蒸尝

尹 氏
丹桂楼中携月斧
紫薇花里闹春魁

玉树芳兰承俎豆
金蝉紫诰答蒸尝

艾 氏
试宏词以登首选
受左传而擢甲科

甘 氏
年少计奇膺宰府
学深望重作王师

左 氏
千古素臣垂会绪
三都丽赋诵清芬

石 氏
万石家声诗与礼
双莲门第孝和忠

族界两京家声远
宗传万石世泽长

龙 氏
虞舜大臣，子孙繁衍
雷阳望族，瓜瓞绵延

帅 氏
水自分支交作带
山如顾祖恰回头

叶 氏
五炷香薰曾具美
一枝灵荫永流芳

两字家声传俭德
千秋世系溯南阳

卢 氏
辞章风雅家声远
相国云礽世泽长

国干良材，锦标奇气
香山髦士，学府纂宗

田 氏
遥暎五百英雄岛
犹是三千食客家

厥初生民，降于妫汭
无念尔祖，保其宗祊

申 氏
茅束长歌于申后
蒲轮见迎于培公

申屠氏
致远清修，聚书万卷
子龙博学，融贯五经

年 氏
《对数广运》通中外
《算法总纲》名古今

白 氏
俐水源长绵世泽
香山峰茂振家声

令狐氏
擒获杜回鸣号角
传回捷报震当朝

包氏
豪猾畏威，阎罗比峻
节妇守义，媵子归宗

邝氏
文才继起传家学
善道敦行作国猷

冯氏
勋封越国宗功远
秩晋祠林世泽长

业绍二南，群伦宗主
道承一贯，累世通家

宁氏
祖德绵长光卫国
宗功赫爵耀齐邦

边氏
唐人爱读边鸾画
明士喜吟仲子诗

司马氏
奉使称荣，藉湔妇耻
恤贫却女，慨助妻奁

巩氏
畿甸系侯封之胤
湖山撰游览之书

邢氏
世德支分家声远
河间派衍世泽长

吉氏
星槎画宗河阳派
梦熊集成研经堂

毕氏
叙典长新昭祖德
伦常不替报宗功

匡氏
孝动天心斯为大
医称国手即云良

吕氏
尚父晚年犹佐治
端公大事不糊涂

理学名儒推望族
春魁世业振家声

朱氏
大唐事业宗仁轨
南宋家风重紫阳

汉朝忠宦旌折槛
理学心源忆考亭

鹿洞传经，鹅湖讲学
龙廷旌直，麟阁标铭

乔 氏
勤俭忍家庭善物
孝弟慈先达名言

居官卅年，天下清正
历令二县，郡邑爱深

伍 氏
四围修竹凰求凤
半亩方塘鱼化龙

仲 氏
圣门高弟仕卫宰
江都诗人集浮山

任 氏
九世同居扬天下
一日百忍贯古今

仰 氏
抚民若子，永嘉世泽
益瑟增弦，上古家风

伊 氏
作莘野农，三聘乃起
修朝云墓，一砚为酬

华 氏
忠孝毋忘先世泽
熙和共庆盛时春

后 氏
尼山道统传精一
曲台家学有渊源

向 氏
龙山木本千枝秀
河内水源一派清

汉代将军称表率
宋朝宰相足楷模

邬 氏
青山流水寻仙迹
橘叶井泉忆圣翁

刘 氏
万卷珠玑朝汉室
一天星斗照彭城

天禄植藜真学术
石渠掌教旧书香

白水真人复汉统
青田相业佐朱家

先代蒲鞭昭德泽
后人藜阁继书香

永世贻谋，绪绵禄阁
良图克绍，派衍彭城

齐 氏
立身扬名，藉甚无敬
进德修业，相与有成

庄 氏
章德有孙皆锦绣
奎山何处不桃源

江 氏
江氏脉流延九域
箕山心法誉千秋

寻春得句诗无草
带醉栽笔槛有花

水曰长溪，期绵世泽
桥名梦笔，冀振人文

池 氏
西河世第源流远
中牟家声福泽长

汤 氏
吞星世德家声远
信德王公世泽长

羊 氏
清俭善政光二郡
自撰药方惠万民

关 氏
鸿飞诗送归者旧
燕子楼怅断姬人

安 氏
族望古著武威地
世泽今留白水原

农 氏
踏遍千山尝百草
栽培五谷济群肠

许 氏
开闽著绩垂千载
侍御支分第一家

太岳堂前琴鹤古
高阳府里姓名尊

训诂传经千古业
说文解字万世师

高评诗礼开先绪
阳著科名启后人

祁 氏
九叠云开滥口见
三秋月照白公来

寻 氏
吉水发源，流来七宝
团山起祖，脉贯双坡

阮 氏
竹林高概荣世第
蓬岛仙姿耀家风

吹笛宫人，遣归吏部
持杯仙女，引入天台

阳 氏
习礼之余谈道德
穷经而后有文章

阴 氏
前代甚夸阴孟子
后人犹忆赵国公

孙 氏
天台表掷金之赋
春秋纪良史盛名

著兵书名高吴境
操战策威震齐邦

德播埋蛇登相谱
才高吐凤作天台

伏虎殄龙，青囊济世
安邦定国，兵法传家

纪 氏
当年始祖初迁地
此日云孙再造家

麦 氏
麦秀两歧千世穗
家声丕振万年书

杜 氏
忠厚传家延世泽
文章华国庆龙光

春申珠履三千客
少陵广厦十万间

花折应时，金陵度曲
兰香初降，玉简留珍

杨 氏
三惑早除多乐趣
四知常凛有清风

立雪程门典型在
名高盛世遗泽长

钟鼎一堂联雁序
诗书千载荷龙光

祠开茗左新门第
村纪关西旧世家

盖世经纶，功勋三相
清白传家，德著四知

贡 氏
千年礼乐衣冠地
万古蒸尝衿裯心

芮 氏
先贤盛赞屏后语
世人犹思桑柔诗

花 氏
仓部为官华衍姓
人间倡睦顺排名

劳 氏
士大夫盈门受学
转运使宽禁恤刑

苏 氏
一源远溯东西汉
百世澈传大小苏

赤壁秋容新绿野
眉山春色灿朱霞

文重八家，名标三杰
节持汉使，勋画凌烟

宋代文宗，龙章宠锡
三贤后裔，汉烈重光

李 氏
十丈青莲新迈种
一泓绿水旧朝宗

业创太原三百载
经传函谷五千年

玄元道德留宗谱
守素家风仰裔支

柱下游龙，文传百世
厅前旋马，族衍千秋

星运长庚，诗书继世
图开太极，道德传家

严 氏
东汉节高天子友
西周望重帝王师

帝友家风传万古
客星门第耀千秋

巫 氏
鸣琴而治，堪称善政
创鼓于民，可谓丰功

束 氏
避难故将疎易束
辞朝不恋禄和官

连 氏
国士升华光世德
唯思懋建永昌宗

肖 氏
六朝迭著文章焕
八叶长留史册香

时　氏
令洽和明，得民善政
王封钜鹿，陷阵丰功

岑　氏
奎章清望齐莲赋
栲栳高风接客星

吴　氏
文祠在昔齐三杰
清节由来冠十贤

让水分流征让德
名山特峙拱名宗

雁塔题名延陵族
金鸡报晓渤海家

紫绶金章绵世泽
祥麟威凤振家声

唐著高贤，一州肇祖
周称至德，三让开基

利　氏
武冠三军，韬钤素裕
文齐众士，科甲高登

何　氏
十代清臣科与甲
一门恪守孝和忠

六朝人物东西晋
一代文名大小山

东阁梅花香入座
南山竹笋节凌云

灵钟白岳推华胄
派衍青山属大宗

佟　氏
红衣炮助威著绩
白腰贼受劝投诚

邱　氏
忠孝永承枢密第
文章上绍鸿胪卿

诸女工诗，联吟郎署
寡母善教，笃学琼山

佘　氏
三朝元老贤丞相
开闽金科第一人

余　氏
三使契丹寒赤胆
七平西夏建奇勋

万丈祁山胸不碍
一池春水节求全

谷 氏
德播登封，芳名千古
功封广武，勇略一时

犹 氏
播北封侯成一线
秦西世系历千秋

狄 氏
黍稷馨香，嘉荐既飨
文章德业，洪祚载辉

邹 氏
一篇漫咏梁园雪
六律能回黍谷春

龙章凤诰千年济
玉印金花万世春

南郡竹沂南阳第
东阁梅开东鲁家

危 氏
诗书铭美临川郡
俎豆宗光太史堂

言 氏
户平知府饶政绩
武城宰官识贤人

辛 氏
美备钱田，稼轩列宠
义全子弟，晋史流芳

冷 氏
赈济通行，阳春有脚
弹劾不避，冷面无私

汪 氏
唐封越国三千户
宋赐江南第一家

潭水情深思旧德
春风袖大定光宗

沐 氏
拓开滇海八千里
休戚朱明十二传

沙 氏
宜邑使君，素称骁勇
云州节度，独著战功

沈 氏
四声雅韵传千古
三善宗风庆万年

吴国开基新世第
兴家立业旧家声

宋 氏
编竹芳徽光世泽
赋梅令绪振家声

渡蚁阴功绵世泽
谈鸡玄学肇人文

铁石梅花，太平宰相
山川香草，古艳文章

张　氏
一勤天下无难事
百忍堂前有太和

传家事业千秋鉴
华国文章万选钱

周彝铭记无疆寿
汉瓦文成有万喜

居同九世传家法
鉴朗千秋报国书

清河派衍承先泽
黄石传书启后贤

陆　氏
剑南诗稿千秋颂
江左军功万古传

陈　氏
九重天上书声贵
千古人间义字香

三千余口文章第
五百年来孝义家

次第金章昭祖德
班联玉笏焕宗功

尚义声名扬北阙
藏恩褒典到南山

颍水有源长且远
川流不息子而孙

邵　氏
南国惠政垂千古
东陵遗风仰万年

甘棠枝头，鸾翔燕舞
安乐窝里，鲲跃鹏飞

武　氏
敬宗尊祖光门第
积善读书贤子孙

林　氏
凤质九苞天下瑞
龙章五色日边恩

大江以南，推为望族
明德之后，必有达人

双桂九龙，无忘数典
梅妻鹤子，本是同根

道山纪闻，世承旧学
西湖遗迹，远播高风

苗　氏
农桑辑要恩泽远
说文声订韵源长

范 氏
相国忠勤思后乐
治家孝谊秉先民

晋卿隋会传文子
宋相忠宣绍魏公

英 氏
事死如生，仰酬祖德
爱亲敬长，克序人伦

茅 氏
经史俱擅称博士
文武双全号奇才

幸 氏
高楣共仰雁门郡
名族相承渤海堂

郏 氏
姬昌华胄声名远
郑国大夫德泽长

欧 氏
崇宗显赫平阳郡
本祖巍峨八剑堂

欧阳氏
天下欧阳无二氏
翰林文章第一家

勋猷炬曜垂三史
门第高华列四家

卓 氏
祖泽绵长，名高东汉
祠宏饰阁，派衍西河

易 氏
桂子兰孙，祥绵瑞栗
廉泉让水，泽汇磻溪

罗 氏
千古文章传世学
一堂孝友乐天伦

登堂讲学继先圣
标榜纳士启后贤

季 氏
一诺千金传佳话
满门全孝树淳风

竺 氏
奕世诗书窥孔壁
满门簪笏贺尧天

岳 氏
根本四岳发脉远
源由汤阴流泽长

周 氏
门迎柳色千丝绿
道接莲花一瓣香

百代武功分细柳
千秋文德尚濂溪

汝水渊深龙变化
南山高大凤来仪

庞 氏
孝妇感天，曾闻鲤跃
德公避世，偕隐鹿门

郑 氏
人瑞仍联云五色
家声直振汉三公

鹧鸪风润家声远
带草书香世泽长

单 氏
百代簪缨传后世
两行钟鼎列前茅

宗 氏
杀敌渡河垂死愿
乘风破浪少年心

官 氏
天水函濡庭桂茂
春风拂动砌兰馨

孟 氏
传家世守三迁训
报国常怀七篇箴

雄辨七篇尼父志
清诗五字杜陵心

练 氏
青丘集表忠传世
金川院立祀妥灵

经 氏
经纶本出家常地
氏族联欢庙享时

项 氏
百代辞章归玉简
千秋勋业在银台

光分藜杖星辰灿
荣赠容台雨露长

柯 氏
前徽犹见都厅敞
后起遥知世胄华

柏 氏
古柏盘根枝叶茂
江西发籍脉流长

柳 氏
公权谏笔传千古
子厚文章第一家

笔谏怀忠光国史
文才卓绝衍家风

胡 氏

史笔纵横三国志
文风汉魏五言诗

侍讲东宫延佑主
勒封西席大元师

理学名家钦海宇
文章华国重岩廊

封 氏

象岭春深，鸠峰瑞霭
龙门及第，雁塔联辉

郦 氏

善礼以清简为治
仲隐则懿行可风

郝 氏

奇韵豪文，才推元代
危言高论，名重汉时

荀 氏

熨体徒劳，神伤奉倩
突围求救，功共女郎

荣 氏

家学自厌次俟始
书声在范蠡湖边

茹 氏

寿越期颐，朝端与宴
少负气节，吏治有声

赵 氏

文风清淑湖山地
世泽绵长忠孝家

无大学问，论语半部
非高门第，姓冠百家

秀储龙山，斯文蔚启
派来天水，流泽孔长

钟 氏

一曲琴音留太古
八分书法冠群伦

铁画银钩传字法
高山流水辨琴音

高山流水贤人宅
舞鹤飞鸿名士家

侯 氏

唐代纶音深雨露
侯封世泽大云礽

凌云阁上功臣著
谷象亭中学士传

段 氏
九经陶铸资群彦
一字源流莫万哗

俞 氏
将军武德簪缨旧
太守文章黼黻新

高山流水家声远
云谷星溪世泽长

饶 氏
临川绍美开先代
邵武传经启后人

施 氏
五陵春色烟霞近
万里风云翰墨香

姜 氏
匾赠东瀛称国宝
画成牡丹索酒资

娄 氏
诗书教子，名称先世
圭璧持躬，德裕后昆

洪 氏
三瑞呈祥龙变化
百琴协韵凤来仪

桃实竹枝，瑞成连理
机声灯影，图绘慈恩

祝 氏
受业文公，捷才倚马
书宗怀素，走笔游龙

姚 氏
帝岭贻黄，屏风宛具
蕉山耸翠，香案遥陈

贺 氏
源从鉴沼分流远
花向儒林吐秀多

骆 氏
又是一番新气象
依然四杰旧家声

费 氏
割股疗亲，唐推孝子
殉节刺敌，明著宫人

秦 氏
吉州刺史冠裳第
洙泗鸿儒理学家

桂 氏
天水家声传百世
蟾宫仙派继千秋

耿 氏
险易为图，经纶独妙
前知善卜，刻漏称奇

袁 氏
卧雪清操传百代
扬风惠政著千秋

莫 氏
绩著三朝，泽延百世
礼隆四序，荣冠七司

贾 氏
太傅宏文高两汉
阆仙佳句誉三唐

顾 氏
人品高华，史分金箭
天姿秀异，家号麒麟

夏 氏
南渡衣冠由北宋
东楼门第自西周

夏侯氏
芳草绿缛增春色
塘水湾环露文章

顿 氏
远绍荆陵开世绪
近承虎榜占魁名

晁 氏
汉代贤良官御史
宋朝著述祖文元

钱 氏
吴越家声传万古
彭城世泽耀千秋

启匣尚存归国诏
解弢时拂射潮弓

倪 氏
闳阁频增新气象
经锄不改旧家风

徐 氏
偃王义帜光门第
孺子高风显仕林

东瀛衍派，永怀祖德
海峤升平，恒念家风

殷 氏
上绍盘庚，聚国聚族
远垂孙子，卜世卜年

翁 氏
百梅门第家声远
六桂文章日月新

郭 氏
派衍汾阳绵世泽
灵钟晋邑蔚人文

织女赐词，汾阳寿考
郡主好礼，真定芳徽

高 氏
达夫诗派吟边塞
剑父画风创岭南

渤海源长通学海
高山脉秀绍尼山

遥承帝胄家声振
共仰将军门第高

唐 氏
元龙绣虎家声旧
折柳飞梨祀典新

桐叶封宗家声远
平阳遗荫世泽长

系衍洛阳，功高莒国
文量玉尺，望重享城

凌 氏
柏府霜威留节钺
杏园春色焕衣冠

海 氏
忠贞耿耿云霄上
介节堂堂宇宙间

涂 氏
祖德恢宏，翰林三妙
祠堂瑞兆，奕叶四奇

容 氏
教孝教忠开世德
且耕且读振家声

诸 氏
数语行成，吴终为沼
片言悟主，楚罢层台

诸葛氏
司马乃吴中信士
卧龙本天下奇才

谈 氏
经术儒宗，世传隐德
勋华政绩，代有伟人

陵 氏
德派齐家，群居河涧
裕源显秀，支衍泽川

陶 氏
鹄寡兴悲，自甘独宿
鸾胶待续，聊写相思

能 氏
奋南城以登高第
尹京兆而著贤声

桑 氏
铁砚家声垂万古
黎阳世泽振千秋

梅 氏
吴市仙人起南郡
苏公大笔志西横

萧 氏
制律功高能固汉
选文心瘁继传经

黄 氏
仙踪遗石传三略
吏政遁声在五伦

春申侠气人来祖
山谷文章达世宗

曹 氏
七步诗才谁可比
八仙道术世称奇

持家勤俭崇耕读
华国文章祖建安

龚 氏
大汉遗民，甘心绝粒
横波侍史，雅擅画兰

戚 氏
南塘防海盛名远
明代抗倭功德高

常 氏
安民不为妻损节
开平独佐主兴邦

崔 氏
儒学家声有承继
翰林文藻少逢迎

符 氏
高井清泉，长流世泽
古槐余荫，远及孙枝

章 氏
相业流芳传世泽
枢权擅美振家声

商 氏
吟诵不衰，芳年八秩
存亡曷异，贞节千秋

麻 氏
稀世文章，名题雁塔
绝伦勇敢，势若虎彪

庾 氏
开府乡关江南赋
勋爵智勇西昌公

康 氏
祖德渊源,裔承京兆
宗功赫濯,声振胶庠

盖 氏
洽黄老三齐致聘
讲春秋二盖驰名

梁 氏
老成登第开先绪
举案齐眉启后人

兰谷盘旋,千山顾祖
石泉环绕,万水朝宗

寇 氏
茜桃献诗,惜缣有意
白门工曲,落溷谁怜

尉迟氏
富不易妻,愿辞帝女
情甘让国,留诗唐廷

植 氏
佑承先祖将军甲
启我后人丞相袍

韩 氏
昌黎焕起文章府
魏国恢宏宰相家

红叶题诗,喜逢良友
碧舆却坐,务绝奢华

彭 氏
六道诰封昭政绩
一篇家训振宗风

葛 氏
氏本葛天传上古
籍从观察宦舒州

金坛露冷青鸾舞
丹灶风清白鹤驯

董 氏
千秋良史家声旧
百代儒宗事业长

清界持操,千秋良史
忠贞志洁,百代儒宗

蒋 氏
祖德绵长肇东汉
宗功久远靖西陲

廷诏诗颂,文经武纬
宗祧克肖,子孝孙贤

覃　氏
祖在衡山分一脉
孙依凤岭发千支

喻　氏
长笛临风作数弄
巨著入库计六宗

程　氏
千载二程夫子后
百代五经博士家

家绍伊川绵百世
人尊明道绪千秋

傅　氏
书著盐梅光世第
史称金玉播家声

筑版才高商拜相
弃觚功大汉封侯

鲁　氏
中牟贤令有三异
关左名儒通五经

童　氏
千秋稔业崇鸿范
万古宗风庆雁门

曾　氏
大学十章能治国
孝经一部可传家

脉承东鲁千秋业
心奉南丰一瓣香

三省家风，德昭万代
四书巨著，文教高风

温　氏
栋宇维新恩泽远
寝堂有制孝思长

游　氏
东西辅汉勋名著
前后登坛岭海遥

富　氏
兴学课士德泽厚
除暴安良恩惠长

谢　氏
晋代再传三太傅
越江一望两东山

阶下芝兰，庭前玉树
东山丝竹，泥水经纶

赖　氏
致信致诚，秘书世德
爱亲爱族，好古家声

靳　氏
学传伊洛家声远
功著攀鳞德泽长

鄢 氏
麟峰毓秀绵旧德
卞水储英继流光

鲍 氏
法正风规汉太尉
诗才俊逸鲍参军

蓝 氏
天近彩云，文澜浚水
堂开东阁，玉种蓝田

詹 氏
一脉衣冠开宋代
千秋俎豆配饶山

蒲 氏
闲居丛稿，平实显易
聊斋志异，笑骂文章

雍 氏
乘夜破寇，功封县勇
修城缮学，惠播富川

楚 氏
司晨星漏传万世
姑苏台图焕千秋

廉 氏
惠政兴歌于襦裤
清风并驾于史乘

雷 氏
山川秀气归清庙
日月光华照德门

阚 氏
自古官声传汉代
于今政绩溯荆州

虞 氏
宏勋早绘凌烟阁
伟绩群夸采石矶

窦 氏
七雄冠世家声远
五桂流芳德泽长

路 氏
尚德缓刑，书陈尉掾
通经涉史，望重郎官

褚 氏
支分孝义光弥远
姓肇春秋德可师

简 氏
三星在户流芳远
合族修祠布泽长

禄 氏
虎榜首登，鹿鸣先荐
扶风派衍，文行驰名

蔡 氏
恒山地接岐山脉
蔡氏家传孔氏书

理学传程朱之脉
著述授谷梁之书

臧 氏
涂孝穆生应瑞梦
鲁义保计脱孤儿

裴 氏
河东俎豆千秋盛
绿野书香百世昌

策平蔡地一千里
身系唐朝三十年

管 氏
尊王攘夷成霸业
通易精术积天文

廖 氏
门前晓汲丹砂井
室侧潜修紫桂风

谭 氏
东国分封，屏藩望重
南洲秉铎，教授书尊

熊 氏
鳌峰著述模型远
乌府声名礼法高

缪 氏
崇文威德兰陵郡
注礼名家公辅堂

檀 氏
进士两朝拥文武
将军一代号长城

樊 氏
上党派别家声远
若水支分世泽长

黎 氏
得姓渊源思北政
分支派衍庆南邦

滕 氏
叔绣封延八百祚
文昭世泽三千年

颜 氏
陋巷箪瓢绵世泽
古祠关塞壮风云

家居陋巷乐圣道
舍近阙里归教深

潘　氏
当年花县家声远
此时桃溪世泽长

桃馥满园欣化理
杏香十里著澈猷

薛　氏
河山聚秀生三凤
东国储英显五官

薄　氏
发明水车益农事
首创铜炮增国威

璩　氏
四蜀通侯，懋功受赏
岳阳文士，登第成名

戴　氏
先世芳名驰礼部
后来家学振诗山

魏　氏
直臣风节留廉史
儒士声名重鹤山

十谏宏猷，流芳百世
八贤望族，著美千秋

行业对联

- 政府机关联
- 公共事业联
- 教　育　联
- 文体娱乐联
- 商　业　联
- 服　务　业联
- 工矿企业联
- 农林牧渔联

政府机关联

党委政府

耿耿公仆志
拳拳赤子心
————刘锦隆

党风顺民意
政策暖人心

党风蹈正轨
国运兆中兴

为民早负凌云志
执政常怀报国心
————时　杰

以法治国国运旺
为民执政政风清

民安只因党风正
国泰全凭法纪明

红旗已指先锋路
青史应书正气篇

坦荡胸襟容四海
清廉政绩惠千家

国运亨通春意暖
党风端正日光华

治邦有道邦长富
立党无私党永兴

科学决策宏猷展
民主作风伟业兴

党风端正民风好
家事兴隆国事祯

党风端正民心顺
政策英明国脉兴

党树新风民意顺
国施善政众心安

崇德任能兴国计
治穷致富利民生

勤廉为政民心暖
科教兴邦国力强
　　　——刘锦隆

一心唯系千家忧乐
两眼尽收四海风云

执政为民，不忘清风二字
立党为公，常想正气一身
　　　——李煜昕

才路广，言路开，民族兴旺
党风正，民风淳，社会繁荣

公正廉明，一身浩气浑身胆
光前裕后，两袖清风满面春

党引春风，和谐社会民生乐
邦行德政，锦绣江山国力强
　　　——彭文扬

人大、政协

为民立法孚民意
治国遵章振国威
　　　——张耕余

共研国事得和失
乐为人民鼓与呼
　　　——刘万城

制定芳猷兴大业
安排德政奋雄程
　　　——段志英

参政效民扬特色
兴邦协力建奇功

献策建言商国计
集思广益惠民生

保障人民当家做主
监督政府依法用权
　　　——熊书干

为华夏昌兴，进言献策
谋人民幸福，竭节尽诚

人和政善，百业争荣兴盛世
大庆小康，八方献瑞乐长春
　　　——杜正尧

为国贮才，卧虎藏龙多硕彦
倾情议政，建言献策有高招

政议民生，广益集思开富路
协商国计，鼎新革故展宏图
　　　——翁景星

纪检监察

法明常奏凯
风正好扬帆

政善民皆喜
法严国永宁

人祛贪心臻上善
官行廉政树清名

贪泉莫饮心如雪
廉石长磨剑吐锋
　　　　——于化文

法严气正民心顺
政善人和国运昌

政善风清时局稳
法严纪肃庶民安

修身正冠铜作镜
惩腐摧恶浪淘沙
　　　　——陆贤忠

耿耿丹心扬正气
铮铮铁骨扫歪风
　　　　——彭文扬

冬雪送炭,扶危济困
秋风扫叶,除暴锄贪
　　　　——刘进亮

反腐倡廉,创千秋伟业
奉公克己,献一片赤诚

民主法制,一棵常青树
物质精神,两朵文明花

倩江河作证,身清若水
拜华泰为师,品毅如山
　　　　——李　仁

硕鼠何逃?青天是利剑
廉官世誉,明月朗清怀
　　　　——张树路

健全法制,立法执法守法
广举贤才,思贤选贤用贤

手莫伸,众目睽睽监视器
心欲腐,廉风习习预防针
　　　　——苏纪利

尚洁崇廉,最喜政声离任后
肃贪反腐,不辜民意掌权时
　　　　——周广征

官有廉风,民情如流水般通达
国呈瑞气,权力在阳光下运行
　　　　——程　鸿

公　安

胸中存灼见
眼底辨秋毫

无私无畏十方敬
为众为公百姓安
　　　——潘炳煌

公心清正勤公务
警德优良铸警魂
　　　——程经华

公正廉明扬正气
安邦除暴扫歪风
　　　——高奎元

赤胆忠心扬正气
光明磊落树清风
　　　——黎竹芳

惩邪扬善庶民乐
除霸安良社稷昌

惩恶祛邪安世道
扬清激浊树仁风

刚正清廉，公平执法
光明磊落，肝胆照人

祛邪扶正，忠心耿耿
除暴安民，铁骨铮铮

除暴安民，丹心昭日月
秉公执法，壮志写春秋

圆万家好梦，情深似海
保一方平安，任重如山
　　　——刘爱芳

警笛声声，天兵惩腐恶
凯歌阵阵，金盾挽狂澜
　　　——刘新猷

侦破案情，不漏蛛丝马迹
扫描疑点，全凭火眼金睛
　　　——程经华

检察院

办案有规扬正气
执法无私除邪风

冰雪聪明勤政务
雷霆凌厉正官风
　　　——安天佑

扶善安良匡社稷
肃贪惩腐振乾坤
　　　　——张夜虹

遵章守则维法纪
循规蹈矩握准绳

检定是非弘正道
察明善恶护良民
　　　　——张耕余

厚德清澈，馨香传世
高风亮节，正气干云

法　院

烈日严霜三尺法
和风甘雨一庭春

审讯严明，靠律刑有度
量刑恰当，须听讼公平

勤政为民扬正气
秉公执法播清风

肩托天平，执法如山张正气
胸怀祖国，秉公办案为人民

法律面前，人人平等
国徽底下，事事公心
　　　　——吴亚卿

军　队

丹心昌社稷
热血卫山河
　　　　——谢德新

当忠诚战士
保锦绣江山
　　　　——盛玉伦

行业对联

一套戎装迎旭日
满腔热血铸军魂
　　　　　——孙德孚

万里征程怀大志
千秋浩气壮军威
　　　　　——谢德新

丹心碧血英雄志
明月清风战士心
　　　　　——刘建平

戍边守土金汤固
济困扶危鱼水情
　　　　　——刘建平

忘我戍边怀壮志
献身报国铸长城
　　　　　——程经华

枕戈待旦江山固
守土戍边社稷安
　　　　　——刘建平

卧冰披雪守边卡
饮露餐风护国门
　　　　　——刘建平

富国强军安社稷
摘星揽月壮中华
　　　　　——刘建平

保家卫国，军人天职
拥政爱民，战士情怀
　　　　　——蔡厦生

威武雄师，忠心护华夏
文明劲旅，赤胆扬军威
　　　　　——齐培礼

人民战士，披肝沥胆守边卡
祖国英雄，破浪乘风镇海疆
　　　　　——郭凤朝

卫国戍边，长城万里千秋固
爱民拥政，赤胆一身四海名
　　　　　——刘锦隆

投笔从戎，护国安家酬壮志
巡洋靖海，乘风破浪阅雄师
　　　　　——陈　颖

交　警

　　风雨一人辛苦
　　舟车万里平安
　　　　　——周草川

　　五尺岗亭通四极
　　一身警务系千家

　　两臂屈伸，指挥若定
　　三灯交替，调控自如
　　　　　——秦世昌

　　红绿灯前，领悟人生正道
　　交通岗上，指挥都市乐章
　　　　　——程经华

　　两只巧手，指挥千军万马
　　一座岗亭，服务四面八方
　　　　　——王　展

　　漫步无忧，市民满意人人赞
　　行车有序，交警指挥路路通

　　金盾生威，万里平安联国脉
　　春风送暖，千家康乐系民生

消　防

　　消灾灭火为天职
　　防患保民尽我能

　　弭祸消灾除隐患
　　防微杜渐保平安

　　丹心投火海，辉煌使命
　　热血铸青春，灿烂人生
　　　　　——娄义钊

　　消灾处处安，家家如意
　　防火人人乐，事事呈祥
　　　　　——叶善胜

审 计

任劳任怨细查账
为国为民严把关
　　　　——陈在义

审察伪真，眼亮心明披赤胆
计分清浊，谋多智广播春风
　　　　——叶善胜

金睛火眼审真伪
赤胆忠心计是非
　　　　——陈在义

财 政

为国理财，财多国富
与民施政，政善民殷
　　　　——曹树汉

财源富国，理财合法民心顺
政治安民，从政遵规国力强
　　　　——张耕余

依法理财，财源茂盛
洁身行政，政绩辉煌
　　　　——张玉复

税 务

税丰增国力
财茂利民生
　　　　——孙德孚

百业繁荣财路广
万民富足税源丰
　　　　——时 杰

任劳任怨理财者
为国为民征税人
　　　——周康杰

财源广聚兴华夏
国税频增促小康
　　　——时　杰

经商合法家兴旺
纳税遵章国富强

神州昌盛依财政
社会繁荣赖税收

廉洁开征民心乐
依法纳税国库盈

为国积财，为民造福
依法纳税，依率计征
　　　——刘鹤元

涓滴归公，恤商裕课
丝毫无弊，津己正人
　　　——刘新献

税丰国盛，山河璀璨
财茂民康，经济繁荣
　　　——许生元

财富裕民生，生财有道
税金兴国计，计税无私
　　　——梁定源

征税理财，大治年华担重任
恤商裕课，小康路上立殊功
　　　——李煜昕

经济系民生，大兴经贸民殷实
税收同国脉，广辟税源国盛昌
　　　——王达民

取之于民，用之于民，
　黎元富庶千行盛
征也依法，管也依法，
　社会和谐百业兴
　　　——李瑞香

民　政

为民自有凌云志
从政常怀报国心
　　　——孙　起

民生注目家兴旺
政策归心国富强
　　　——徐龙保

民族振兴，以民为本　　　　　全力济民，真情唱响和谐曲
政通人睦，德政领先　　　　　一心勤政，诚意迎来富贵春
　　　　——刘翰成　　　　　　　　　——孙　起

生态环境

生态平衡，家园美好　　　　　与自然交，应是良朋益友
自然保护，环境清新　　　　　为后代计，多留绿水青山
　　　　——梁定源　　　　　　　　　——吴亚卿

绿树向阳，地球美好　　　　　爱护自然，水秀山清皆入画
仁心举善，人类亲和　　　　　平衡生态，莺歌燕舞总关情
　　　　——王成章　　　　　　　　　——曹树汉

国土资源

土乃国之本　　　　　　　　　万物所基，人类生存之本
民以食为天　　　　　　　　　千秋以赖，资源保护为先
　　　　　　　　　　　　　　　　　　——张贵祥

土利万民珍似玉
地兴百业贵如金　　　　　　　爱国土如金，莫让地皮年减
　　　　——叶善胜　　　　　护资源若命，须知人口日增
　　　　　　　　　　　　　　　　　　——曹树汉

兴千秋伟业，增光华夏
留万顷良田，造福子孙
　　　　——王天性

环境卫生

情洒家园，万众欢歌催绿手
爱融城市，九州赞颂点红人
　　　　　——陈景章

戴月披星，皆誉文明铺路石
清污除垢，当称城市美容师
　　　　　——程经华

消除污秽，惠及百姓方为好
保护自然，美化九州总是春
　　　　　——史宝明

社区居委会

太太平平新世界
和和睦睦大家庭
　　　　　——赵修达

待人以礼人人乐
办事唯公事事亨
　　　　　——赵修达

邻里相容互理解
社区团结共和谐
　　　　　——熊书干

村委会

生财有道，治村有法
理事无偏，敬业无私
　　　　　——孙　起

创业贵求新，新春处处开新局
理财休厌小，小户家家庆小康
　　　　　——欧阳海洲

克己奉公，凭将正气驱邪气
清廉从政，誓让民风敬党风
　　　　　——康宏河

公共事业联

邮 政

日送千家信
时通万户情

平安劳远报
消息喜常通

万里远牵乡国梦
一丝长系故人怀

千里春风劳驿使
三秋芳讯寄邮人

天涯雁寄回文锦
水国鱼传尺素书

有客来鸿闻消息
为君传捷报平安

邮车一路传春意
信使长年送暖情

梅寄春风劳驿使
葭怀秋水托鸿邮

鸿至家家呈笑语
雁回处处报佳音

鲲鹏击水三千里
鸿雁传书亿万家
　　　　——康在彬

梅寄一枝来，江南春早
明月千里共，海上潮生

鸿雁传情，温暖千家万户
绿邮绘意，爱融四海五洲

远游有方，封封竹报联千里
深情似海，件件家书抵万金

眼望南天，青鸟频传云外信
心倾北国，红梅又报雪中春
　　　　——苏振学

通 信

一言出口须臾至
千里谈心咫尺间

银线贯宇宙,信息通四海
铁塔耸太空,佳音传五洲

海阔天空飞彩信
山高水远觅知音
——孙德孚

万象更新,星移物换传佳信
全球通话,地动山呼报好音
——李学文

一机在手,由时通话
万里连心,随处传情
——赵义柏

问讯千山外,无线可通四海
传情万里途,有声能达全球
——刘继相

四海五湖,无远弗及
九州万国,有线可通

穿越时空,万水千山难阻隔
瞬传信息,五洲四海总联通
——许玉书

重洋会话,近如咫尺
万里传音,远跨天涯
——张光中

彩信有音,动感一屏映春色
手机无线,倾情千里慰亲人
——张志玉

交 通

车驶平安道
人奔锦绣程
——胡渊如

八方通达八方乐
一路平安一路歌
——杨逸民

行业对联

千里运行车顺利
四时输送货安全
　　　　——庄树铨

车行千里财源广
人走四方眼界宽
　　　　——袁国忠

路通山川环玉带
桥架江河跨彩虹
　　　　——王贵章

水陆舟车，四通八达
城乡客货，纷去沓来

礼让三先，为人为己
平安一路，利国利家

泛海浮舟，载人运物
乘风破浪，富国利民
　　　　——胡渊如

客运、货运，皆逢好运
长途、短途，尽是亨途
　　　　——赵孟俊

车行万里，脚踏风尘追日月
情系千家，胸装锦绣爱人民
　　　　——杜正尧

处处安全，车轮滚滚行千里
时时畅达，货物源源送万家
　　　　——甘学文

北斗指前程，辙痕印处春花灿
东风传喜讯，车笛响时富路通
　　　　——赵孟俊

公　路

车窗似画屏，摄进诗情画意
公路如玉带，牵来秀水青山

网织交通，省县乡一脉相贯
途皆平坦，人车货千里畅行

虹卧碧波，金桥座座通佳境
龙游绿野，大道条条连小康
　　　　——胡吉祥

展翅追风，货运八方车快跑
加油创富，日行千里笛欢歌
　　　　——万中伟

铁 路

　　康庄成大道　　　　　　通万里程，别开捷径
　　轨辙利行人　　　　　　聚九州铁，远辟康庄

　　夜过百川星未落　　　　服务热情，笑蕴三春生暖意
　　日行千里月初升　　　　运行迅捷，日驰千里御清风

　　遁轨遵时凭两线　　　　越水穿山，路畅九州腾国脉
　　风驰电掣越千峰　　　　遵时遁规，日行万里驭风云

　　安全正点，畅通无阻
　　风驰电掣，服务有方

航 空

　　凌风追日月　　　　　　穿行万里云涛，
　　振翼上云霄　　　　　　银燕自天涯奋起
　　　　——丁玉群　　　　俯瞰九州容貌，
　　　　　　　　　　　　　丹心同祖国腾飞
　　大好河山开眼界　　　　　　——杨曦光
　　满天霞彩照云程

　　送注迎来酬贵客
　　穿云破雾上蓝天
　　　　——李求真

出租车

笑语欢颜，愿你十分满意
遵章守法，保君一路平安
　　　　　　——张熙贵

快捷安全，热诚待客荣天职
路街里巷，通畅行车活地图
　　　　　　——程经华

招手即停，快捷安全求效益
开言带笑，恭谦友善促和谐
　　　　　　——刘显荣

招手即停，您好三声迎贵客
呼机速到，春风一路送平安
　　　　　　——郭智祥

银　行

　　　生财有大道
　　　信用得中孚

　　广辟资源创大业
　　巧用资金奔小康

积少成多，储以备用
量入为出，贷可生财

指导市场，生财有道
流通经济，获利无穷

利国利家，四海财源广聚
唯存唯贷，万民生计攸关
　　　　　　——康永恒

积少成多，储蓄乃持家美德
戒奢崇俭，勤劳是建国根基

能济急时需，有备果然无患
诚为聚财道，积少自可成多

保险公司

事有前瞻后患少
人无远虑近忧多
　　——李　村

巧计妙计，生命安全为大计
金山银山，参加保险是靠山
　　——许生元

水火无情，解难排忧需保险
风云不测，逢凶化吉有公司
　　——常　春

送福消灾，业盛家和添保障
迎春启瑞，物华人寿喜安康
　　——江冠英

医　院

杏林三月茂
橘井四时春

术著岐黄二圣业
心涵胞与万家春

药圃无凡草
松窗有秘书

冰壶久贮长生药
丹灶唯烧不老方

苦心求精术
妙手去沉疴

花下自填新药谱
壶中别贮小瀛洲

神刀出妙手
白衣怀丹心

妙药银针除病痛
丹心圣手保安康

一点灵心通素问
满腔医术为人民

青囊久积长生药
丹鼎犹存不老方

两只起死回生手
一颗安民济世心

曷无刘阮逢仙术
只效岐黄济世心

扁鹊灵方堪济世
华佗妙术可回春

术体天心，杏林望重
功侔相业，橘井名高

读史常怀经世略
检方更著活人书

寿世寿人，杏林春满
为医为药，橘井泉香

常体天地好生德
独存圣贤济世心

寿世良方，祛邪扶正
回春妙术，固本清源

救死扶伤挥妙手
拯危济厄献红心

炮制药材，尝甘尝苦
推敲医理，如琢如磨

救死回生通妙诀
扶危济困羡良医

望闻问切，回春妙手
寒热表内，济世白衣

愿做善人做善事
不为良相为良医

良相良医，丹心垂青史
济人济世，妙手起沉疴

药 店

但愿人皆健
何妨我独贫

入室有言皆是药
出门握手便知心

贵品原宜补
奇功不在多

几粒药丸除病害
一笺处方解忧愁

选材详本草
饮片配良方

世间自有长生术
海外新来不老方

百草回春争鹤寿　　　　　　欲向市中求妙药
千方着意续松年　　　　　　须知世上有奇方

花放杏林辉晓日　　　　　　深明佐使君臣礼
药生兰室动春风　　　　　　远萃东西南北材

但愿世间人无病　　　　　　赋性本太和元气
何愁架上药生尘　　　　　　济人同上古金丹

灵根气取仙家种　　　　　　丸散胶丹，无非良药
佳卉分来福地栽　　　　　　君臣佐使，悉是妙材

春暖杏林施妙手　　　　　　医国医民，材储药圃
花开桔井献丹心　　　　　　寿身寿世，誉满杏林

春暖杏林花吐锦　　　　　　良药良医，世沾幸福
泉流橘井水生香　　　　　　利人利己，天赐嘉祥

选药均须道地品　　　　　　金石草木，性虽殊异
好生宜体上天心　　　　　　膏丸丹散，用有专长

秋研桂露金成液　　　　　　橘井泉香，杏林春暖
香溅橘泉玉作丸　　　　　　芝田露润，蓬岛花秾

慈善组织

天下大同和睦曲　　　　　　好行善事善行好
世间慈善正气歌　　　　　　博爱仁人仁爱博
　　　——谢德新　　　　　　　　——王成章

扶老助残行善事
救贫济困做完人
————高承信

博爱为怀常济世
仁慈秉性总悯人
————胡新华

扶危济困人尊敬
乐善好施国太平
————孙德孚

捐出善款，扶危济困
奉献爱心，利国益民
————刘铁跟

扶残助弱伸援手
济困救孤献爱心
————周泽荣

献一片深情，扶危解困
倾满腔挚爱，助弱济残
————贺宗武

推己及人英杰志
先忧后乐哲贤心
————胡新华

养老院

白发朱颜臻上寿
丰衣足食乐余年
————吴柏若

敬无不周，敬无不到
老有所乐，老有所为
————李求真

敬老尊贤扬美德
扶危解困树新风
————梁定源

敬爱无亲疏，天下高龄皆父母
老残不苦独，人间晚辈尽儿孙
————易先知

供 水

引来清澈五湖水
流入寻常百姓家
————刘会中

康衢凿井歌犹在
画阁冲霄水自来
————陈寅斌

缘何巷尾欢声起
为有源头活水来
————卢盛斌

取之需省，用之需节
珍水如油，爱水如珠
————段志英

供 电

七彩光辉明盛世
万家灯火展新颜
————叶逢荣

巧手托来千载月
丹心撒满九天星
————汪从周

金线畅通兴百业
银珠绚丽福千家
————王达民

银线蜿蜒连万里
金灯灿烂照千家
————刘万城

铁树生辉，银花吐焰
春城不夜，月殿常明

掌万家灯火，为乾坤生色
喜一派光明，替日月增辉

网络如织，电力纵横多崛起
塔杆成林，城乡上下竞腾飞
————张贵祥

水 利

身居峡谷星做伴
心系祖国月为邻
　　　——毕德英

牵通银线输富裕
锁住大河吐辉煌
　　　——石国祥

水关国运，三农兴旺重中重
利系民生，百姓安康头上头
　　　——娄义钊

水系民生，河通渠顺丰收本
利连农户，政善人和致富源
　　　——王文俊

气　象

雄心挟雷电
壮志卷风云

天上风云由我测
人间冷暖报君知
　　　——冯珍才

天上星辰添异彩
人间科技发奇光

四海风雷收眼底
五洲云雨料胸中
　　　——李寿庆

察地观天推气象
观风察雨为黎民
　　　——段志英

晴雨纵无常，有形早测
风云虽变幻，不碍先知
　　　——李求真

教育联

教育通用

园丁育桃李
雨露润禾苗

春色满园迎紫燕
丹心一片育新人

松柏有本性
瑾瑜发奇光

春催桃李花千树
雨润芝兰香满园

英才宏化育
努力爱春华

桃李满园垂硕果
柏松遍野尽良材

一度春风千树绿
满园花朵四时红

栽培桃李花千树
指点山河画一帧

巧匠呕心琢美玉
严师沥血育英才

赏心自有生花笔
悦耳莫过读书声

夙兴夜寐培桃李
见微知著育新人

满园桃李传佳话
遍地芳菲报捷音

学业培同千亩竹
人才养胜四时花

旭日初升，云霞艳丽
春风轻拂，桃李芬芳

春风吹遍校园暖
热血浇开桃李香

重道尊师，人文蔚起
发蒙启智，国运昌隆

耕耘大地，园丁辛苦
沐浴东风，桃李繁荣

引万条清泉，润祖国花朵
倾一腔热血，铸人类灵魂

遵道而行，学者必以规矩
诲人不倦，焕乎其有文章

白玉无瑕，细琢精雕成大器
丹心似火，春风化雨育新人

幼　教

长天翔乳燕
好雨润新苗

百卉园中花竞艳
千家掌上珠争明
　　　　——刘爱芳

春雨及时，幼苗茁壮
阳光照耀，松柏葱茏

初开蒙昧，寓教于娱乐
渐启智能，育人以率真
　　　　——赵义柏

启智增能，生命幼苗添彩色
动情晓理，心灵窗户透阳光
　　　　——刘会中

祖国花朵，李白桃红春永驻
儿童乐园，山清水秀景常新
　　　　——梁定源

岂嫌日日忙，多情母爱三冬暖
休笑娃娃小，无限云程万里遥
　　　　——胡术林

小 学

时雨育新苗，天天上长
春风托雏燕，步步高飞
　　　　　——万中伟

桃馥李芳，全赖园丁汗水
心明眼亮，只缘蜡炬光芒
　　　　　——翁景星

化雨春风，丹心谱作桃李颂
幼苗新蕾，壮志凝成金玉篇

幼树朝阳，十载寒窗吮甘露
雏鹰展翅，满腔热血奔前程
　　　　　——万中伟

蓓蕾芬芳，祖国未来像花朵
园丁辛勤，人间正道是沧桑
　　　　　——杨瞻隆

真功由蒙养而基，有志专精，
　自臻纯诣
学业以渐进为贵，相期远大，
　岂限前程

鹏程万里，试翼翀天，
　正持扶摇抟广宇
大厦千层，夯基至重，
　应将足趾立昆仑
　　　　　——萧锡义

中 学

中立而不倚
学道则爱人

术业宜从勤学始
韶华不为少年留

立品定须成白璧
读书毋忽过青年

芬芳桃李精心育
锦绣文章妙手成

教子宜以德为首
育人应让爱领先

善教勤学，教学相长
尊师爱生，师生同亲

大 学

学成乃致用
道大亦能容

鹏路扶摇直上日
龙门身价最高时

天地为炉,陶钧之大
国家造士,车服以庸

学贯古今,术通欧美
材非斗筲,器是栋梁

师 范

此日梓楠同受范
他年桃李广培材

师旷之聪,公输之巧
范围不逾,曲成不遗

温故知新,可以为师矣
因材施教,其能就范乎

起一代新风,英才宏教育
作百年师表,俊艾尽栽培

职业学校

职教育人才,学能致用
专心攻术业,技有所长
　　　　——李学文

学知识,学业务,铸千秋大业
讲文明,讲礼貌,树一代新风

教育振兴,水水山山增秀色
人才辈出,行行业业展新姿

杏坛有职教,万业俱兴添能手
课堂系小康,百花争艳荡春风
　　　　——李宪章

老年大学

习艺修心，自得其乐
延年益智，老有所为
　　　　——叶善胜

白发学生，学画学书学外语
红皮作业，作文作艺作诗词
　　　　——王文华

满座春风，一堂白首
八方佳气，百岁童心

老结新缘，书画共研寻乐趣
今探古韵，友朋互勉竞风流
　　　　——范　瑛

文　艺

文风扬国粹
化雨润民心
　　——胡之锦

胸藏万汇情怀广
笔重千钧意趣长

艺苑花开添锦绣
文坛春暖布阳和

鹏起天池风九万
龙游艺苑字三千

文明有象民皆乐
化道无私物共春

心底情怀，肩头责任
人间疾苦，笔底波澜

文章醒世开新运
化雨催春绘壮图

艺苑奇葩，争芳斗艳
文坛妙笔，推陈出新

新秀新苗,带来文坛胜景
春风春雨,滋润艺苑繁花

科　技

青云路远雄心步
科技峰高捷足登

宏观在胸,微观在握
虚心而学,实心而行

实验室里乾坤大
设计台前天地宽

推崇科学,笑看百花艳
倡导文明,喜迎万象新

水滴石穿,业精不舍
天高海阔,学贵有恒

智慧之光,探未知王国
文明之路,登真理殿堂
——程经华

体　育

体坛骄子雄心在
华夏健儿壮志存

学子驾长风,勇夺金牌登虎榜
健儿腾巨浪,拼争桂冠跳龙门

田径场上,龙腾虎跃
游泳池边,燕舞鱼翔

夺铜牌、夺银牌、夺金牌,
　冲出亚洲争宝座
战小球、战大球、战全球,
　走向世界占鳌头

神州健儿,虎跃龙腾立壮志
体坛新秀,莺飞燕舞展英姿

报　社

畅谈天下事
唤醒世间人

欧风美雨通消息
国事民情备见闻

锐眼观天下
妙笔写春秋

笔底纵书中外事
胸中洞彻古今情

宣扬九州正气
传播四海新闻

公月旦评，见闻悉备
执春秋笔，褒贬无私

日试万言无宿稿
风行四海尽新闻

图书馆

书里乾坤大
馆中天地宽

名典常为学子借
大门总对俊才开

藏古今学术
聚天地精华

图中绘出光辉景
书里深藏智慧花

入学海洞开世界
登书山纵览人寰

屋藏二酉春有韵
书守三余乐无边
　　　　——孙　起

长留天地无穷趣
最爱诗书不老春

蓄得奇书且勤读
忽逢佳士喜同游

翰墨图书皆凤彩
注来谈笑有鸿儒

万卷图书，启迪万民智慧
千秋史册，可知千载兴衰

大块文章，百城富有
名山事业，千古长留

用世界眼光，观百年痛史
借国家财力，收四海奇书

知识如海洋，学无止境
图书是朋友，室有余香
————马萧萧

书盈诸子百家，与先贤对话
馆纳古今中外，任学海泛舟
————刘新猷

勤学习，真学习，善学习
爱读书，多读书，会读书
————马萧萧

书海扬帆，无限风光开眼界
图林览胜，全新知识入胸怀
————胡吉祥

聚典籍精华，嘉惠后进
汇中西学术，乐育新民

罗列奇书，看无数曹仓邺架
溪流倒峡，揽不尽苏海韩潮

博物馆

文章溯古迹
博物寻原宗

博大精深，馆藏珍宝
物源广泛，史载瑶章
————曹大举

江山助磅礴
文物照光辉

东壁藏珍，遗书秘籍
西清古鉴，列说绘图

博大精深，煌煌胜迹蜚中外
物华天宝，熠熠奇珍灿古今
————常　春

文化馆

诗文尽赋山河志
歌舞常抒民族情

弹唱吹拉，欢歌阵阵
琴棋书画，笑语声声

诗画书刊抒壮志
琴棋箫笛振精神

可兴可观，鸟兽草木资多识
一觞一咏，管弦丝竹寄闲情

笔下诗文呈凤藻
画中山水染丹青

弹唱吹拉，豪情满怀歌盛世
墨吟书画，壮志凝笔写春秋

雅怀深得花中趣
妙虑时闻笔里香

电影院

石火电光空有影
镜花水月总无痕

亦实亦虚，动人画面登银幕
有声有色，无限风光在眼前
　　　　　　　——黄　钟

电光悦目，有声有色
影像赏心，亦古亦今
　　　　　——常　春

银幕荧屏，五光十色春意闹
文坛艺苑，万紫千红局面新

幕上景象，情文备至
镜中花月，色相皆空

世界大千，电光浓缩万象
人生五味，影像神传七情
　　　　　　——刘新猷

戏曲舞台

古今真乐府
天地大梨园

丝竹无乱耳
唱弹足怡情
——康永恒

舞台小天地
天地大舞台

一唱笙歌千载久
三声锣鼓百年长
——陆琪灿

公侯将相皆为假
喜怒哀乐才是真

帐下鸣金知胜负
台前拭目辨忠奸
——辛　华

传奇演尽千般景
乐事还同万象新

顷刻间千秋事业
方寸地万里江山

借虚事指点实事
托古人提醒今人

谁为袖手旁观客
我亦逢场作戏人

三两句，道出古今事
五六步，走过万里程

故意装腔，炎凉世态
现身说法，游戏文章

离合悲欢，别饶趣味
嬉笑怒骂，自成文章

戏台千台戏，悲欢演尽
人类百类人，恶善分明
——施子江

荟萃群英，高歌当盛世
激扬众志，好戏看今朝
——康永恒

风月管弦，静听新声催古调
太平歌舞，雅将旧事醒今人

扰扰纷纷，成败兴亡台上戏
真真假假，悲欢离合世间情
——陈华峰

砺志攻书，金榜题名空富贵
齐眉举案，洞房合卺假姻缘
——周厚敦

博古通今，南腔北调腾芳韵
标新立异，铁板铜琶唱大风
　　　　　——李进维

悲欢离合，看处便成真热闹
中外古今，演来都爱大排场
　　　　　——王天性

有时欢天喜地，有时惊天动地
或为君子小人，或为才子佳人

乾坤大戏场，请君细看戏中戏
俯仰皆身鉴，对影休推身外身

演离合悲欢，当代岂无前代事
观抑扬褒贬，座中常有剧中人

广播电台

放眼全球，编播天下大事
立足本地，采录乡土新闻

无形无影传佳音，八方同晓
隔水隔山奏新曲，四海皆知

霖雨合时宜，万壑群山焕异彩
电波传捷报，千行百业竞繁荣

电视台

大千世界容方寸
万里风情传瞬间
　　　　——赵孟俊

万里春光收眼底
大千世界缩屏中
　　　　——梁定源

千姿百态方寸里
万国九州咫尺间
　　　　——朱允湖

世界风光收眼底
神州美景注心头
　　　　——曹树汉

消息灵通,无处不到
画图明了,一望便知

一幅玉屏,托出雅俗万般景
几度紫燕,飞入寻常百姓家

电讯九霄,国策民情皆入耳
视通万里,山光水色尽怡眸
　　　　　　　　——赵孟俊

电波越五洋,纵览古今中外
金塔高千尺,尽收南北西东
　　　　　　　　——李瑞香

捕捉新闻,民生国计入文稿
追寻亮点,风土人情抢镜头
　　　　　　　　——程经华

岁序喜更新,新人新事新景象
荧屏彩图绘,绘声绘色绘神情

音乐厅

白雪阳春传雅曲
高山流水觅知音

铁板铜琶,高歌盛世
银筝玉笛,细谱新章

调按宫词,曲翻乐府
声同掷地,韵含钧天

镂月裁云,雅调歌白雪
陶情冶性,笑靥对春风
　　　　　　　　——周渊龙

歌舞厅

灯红酒绿情长驻
舞慢歌轻意正浓
　　——陈景章

艺苑乐池，五光十色
歌台舞榭，万紫千红

浅酌低吟添雅韵
轻歌曼舞蔚新风
　　——胡　浩

美景良辰，赏心乐事
手舞足蹈，体健身轻
　　——周渊龙

曼舞翩翩观倩影
轻歌阵阵唱新声
　　——叶逢荣

潇洒登歌楼，歌喉婉转声声慢
文明邀舞伴，舞蹈轻盈步步娇
　　——周康杰

网　吧

网上乾坤大
指间乐趣多
　　——杨逸民

桌上荧屏容世界
人间网络写春秋
　　——王天性

人间已少忘机友
网上仍多未了缘
　　——周渊龙

网上悠游，世界何宽何窄
屏前闲叙，嘉宾亦熟亦生
　　——严立青

电脑鼠标频点击
荧屏网络任联通
　　——胡之锦

点击鼠标，知晓古今中外
打开网页，联通欧美亚非
　　——程经华

入座临屏，点动鼠标联世界
增知益智，拓开鹏路际风云
　　　　　——苏振学

荧屏发短信，心语声声，
　无穷喜讯滔滔去
网络筑平台，鼠标点点，
　不尽财源滚滚来
　　　　　——刘普昌

棋牌室

当头炮妙手放响
卧槽马巧计牵来

棋逢对手，败亦喜矣
将遇良才，胜固欣然
　　　　　——刘　旺

胸中甲胄挥兵出
眼底江山跃马临
　　　　　——吴柏若

南北西东，风水轮流转
春秋冬夏，彩头调换来
　　　　　——陈景章

黑白对垒争高下
围堵攻防决目分
　　　　　——陈景章

人各一方，东西南北方方利
年分四季，春夏秋冬季季宜
　　　　　——石道达

楸枰桔中寻真乐
黑白子里藏玄机
　　　　　——孟宪璞

商业联

商店通用

一点公心平似水
十分生意稳如山

事与人便人称便
货招客来客自来

三尺柜台传暖意
一张笑脸带春风

和气永招千里客
公平广进四方财

三春草木如人意
九州江河似利源

货有高低三等价
客无远近一般亲

门迎晓日财源广
户纳春风喜气多

经营不让陶朱富
贸易长存管鲍风

无边信息频频至
不尽财源滚滚来

频接五洲通贸易
广交四海展鸿猷

生意兴隆通四海
财源茂盛达三江

满面春风迎客至
四时生意在人为

生意如同春意美
财源更比水源长

内外交流，东西咸备
城乡互助，南北兼收

名牌誉满三江水
好货诚招四海宾

百业鼎新，一团热火
万商云集，满面春风

名正言顺，买卖不诈
秤平斗满，童叟无欺

面漾三月风，服务周到
心怀一团火，接待热情

近悦远来，转运百货
水程陆路，惠利群商

薄利多销，利逐春潮涌
义财方取，财如晓日升

货纵零星，百挑不厌
物无大小，一应俱全

以天下为己任，红心似火
将顾客作亲人，笑脸如春

经之营之，财恒足矣
悠也久也，利莫大焉

文明经商，柜台内外添春色
礼貌待客，城乡上下树新风

喜送笑迎，来去高兴
东挑西拣，买卖公平

春满九州，春意随同人意闹
财通四海，财源好似水长流

三尺柜台，迎四方顾客
一腔情意，拂二月春风

商场超市

无价爱心，琳琅满目
有情超市，温暖盈怀
———蒋东永

衣食住行，万户千门供应足
秋冬春夏，四时八节货源丰
———曾圣任

价实货真，诚招天下客
和颜悦色，笑纳世间财

超级商城，货有琳琅万千品
市场经济，客无远近一家亲
———周渊龙

百货琳琅，堆金积玉珠光灿
大楼熙攘，聚宝藏珍瑞气腾
———常　春

唯适者存，商场从来如战场
以和为贵，客人何妨作亲人

集贸市场

买卖称心，任挑任选
文明待客，无假无欺

车水马龙，集贸市场生意旺
零售批发，商品种类供应多

创业有心，形势喜人跃马去
经商致富，春风催我进城来

货物交流，柴米油盐由我选
城乡互补，住行衣食任君挑
——张耕余

果蔬禽蛋，干鲜杂货，
油盐调料，宗宗美好
鱼肉鸡鸭，生熟食品，
米面粗粮，样样优良
——龚道平

书　店

书林含馥郁
艺海汇英华

欲知千古事
须读五车书

书似明灯辉世路
文如丽日耀人生

书求善读无新旧
学欲通研有古今

书添智慧知识富
店倡文明服务优
——丁玉群

世上真知原是宝
人生好友莫如书
——康在彬

欲问寰中千载事
来翻架上五车书
——康永恒

识字清风，翻书古趣
芸城斗富，文海撷珍
——常　江

欣遇好书，若逢益友
静观典籍，如晤圣贤
——陈华峰

文房四宝店

砚中含雨露
纸上走龙蛇
　　——曹树汉

紫玉池中含雨露
白银笺上走龙蛇

万选材夸湖郡美
成章价贵洛阳多

锦绣丹青工点缀
绫妍翰墨善装潢

玉露磨来浓雾起
银笺染处淡云生

碧露濡毫铜雀古
紫泥赐篆玉龙新

匣藏铁砚青云敛
墨洒金壶紫汁凝

玉管香浓，花研雨露
金壶汁洒，纸泼云烟

奇香细洒金壶汁
新谱盛传银盏烟

鸡距鹿毛，花开五夜
鼠须麟角，力扫千军

笔架山高虹气现
砚池水满墨花香

笔挟风雷，文章千古
声争金石，价值连城

古玩店

三代鼎彝昭日月
一堂图画灿云霞

彝鼎图书自典重
兰茗翡翠相新鲜

满座鼎彝罗秦汉
一堂图画灿烟霞

大信无欺，鬼神可鉴
精诚所至，金石为开

汉瓦秦砖，世之所宝　　　　金石图画，前人所尚
汤盘孔鼎，识者宜珍　　　　陆离斑驳，古气盎然

价重连城，隋珠和璧　　　　夏鼎商彝，传流万古
光腾满室，夏鼎商彝　　　　秦砖汉瓦，罗列一堂

书画店

丹青饰山水　　　　　　　　云淡雨香诗世界
金碧绘楼台　　　　　　　　水流花放画根源

书画怡且乐　　　　　　　　片纸能缩天下意
金石寿而康　　　　　　　　一笔可画古今情

笔端通造化　　　　　　　　月窥神韵灵根秀
意表出云霞　　　　　　　　风赏图轴古墨香

大地山河生笔底　　　　　　玉露磨来雅兴起
九州人物出毫端　　　　　　银笺染处豪情生

山间花鸟毫端现　　　　　　逸少经文怀素草
天上云霞腕底生　　　　　　辋川图画鲁公书

山恋晴云无墨画　　　　　　锦绣河山胸中贮
竹敲秋雨有声诗　　　　　　奇幻烟云笔底生

天外江山来笔底　　　　　　竹树楼台，弹指即现
胸中丘壑写毫端　　　　　　烟云丘壑，着纸而成

绘色绘香，绘声绘影
有山有水，有物有人

铁画银钩，刚柔互济
通神穷态，粉墨一新

工艺美术店

琢玉能为器
点石可成金

切磋琢磨，器乃可用
玲珑剔透，玉汝于成

巧手扎成珠蛱蝶
匠心嵌就玉鸳鸯

玉簇花团，混珠鱼目
珠围翠绕，光夺蚌胎

玉诗切磋方润泽
器宜磨琢始生光

技擅雕龙，是君子器
功成刻鹄，有高人风

尽如人意花常好
巧夺天工蝶也迷

裁取鸾笺，洛阳纸贵
催来羯鼓，唐苑花开

刻鹄能成称巧手
雕龙亦足见人心

凭慧眼灵心，琢磨而成器
经裁云镂月，雕刻以见珍
——吴亚卿

珠树一林皆隽品
宝山片石亦奇珍

金银珠宝店

昆冈明月满
合浦夜光回

钗钿添异彩
珠宝斗新妆

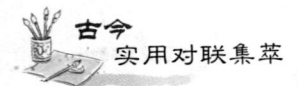

门前珠履三千客　　　　　沧海月明，蓝田日暖
头上金钗十二行　　　　　怀珠川媚，蕴玉山辉

天上明河银作水　　　　　金钏玉环，随时巧制
海中仙树玉为林　　　　　珠花宝髻，尽态极妍

四时恒满金银气　　　　　品物敷陈，光摇银海
一室常凝珠宝光　　　　　财源广茂，富胜金山

沙里淘来金足赤　　　　　海市云深，鲛人献宝
炉中炼出火纯青　　　　　蓝田日暖，龙女量珠

宝盒丛中藏翡翠　　　　　掌上奇珍，来从合浦
金钗队里护鸳鸯　　　　　椟中佳品，出自昆冈

仙羽飞来，芙蓉江渚　　　镂雪镌冰，光摇银海
明珰妆罢，翡翠兰苕　　　镶珠嵌玉，身入宝山

闪烁圆匀，珠辉夺目
光明磊落，宝艳惊心

钟表店

二十四时凭我报　　　　　万千星斗心胸里
万千百事任君行　　　　　十二时辰手腕间

三百六旬归掌握　　　　　千秋伟业千秋福
二十八宿列心胸　　　　　一寸光阴一寸金

能于细处求精确
惯与时间较短长

按部就班，有条不紊
继日以夜，无懈可攻

十二时辰，运诸掌上
三千世界，尽在眼前

掌握璇玑，胸罗星斗
权衡日月，烛照乾坤

宏业新开，必表而出
义气相应，如钟自鸣

眼镜店

江山澄气象
冰雪净聪明

远近模糊，皆登快境
重光日月，幸遇昌时

春风常识面
秋水惯传神

使众昭昭，若岩下电
与世珞珞，望眼中人

悬将小日月
照彻大乾坤

秋水澄清，菱花七出
春山浮翠，桂月双圆

好句不妨灯下草
高年能辨雾中花

扫去尘氛，万卷诗书供赏鉴
拨开云雾，两轮日月放光明

两轮宝镜悬星月
一对明眸望海天

刀剪店

不历几番锤炼
怎成一段锋芒

最宜绣阁裁云锦
恰好银炉锻雪锋

能教二月春风似
为取半江淞水来

名重并州，推为利器
裁成蜀锦，赖此新硎

雨具店

任是滂沱漫大道
偏能坦荡到光天

能张能折脊梁直
宜雨宜晴筋骨坚
——程经华

注来宛若祥云覆
出入何嫌微雨淋

操节持身，以栋梁自许
肩危任重，立天地之间

铁骨根根撑苦雨
绢花朵朵蔽骄阳

家电商场

万般风味藏银柜
一片冰心在玉壶
——白启寰

不辞劳苦团团转
为送清风阵阵来
——莫石麟

为使千家消暑热
能教六月变秋凉
　　　　——白启寰

电器益人，万众选逃迎岁瑞
名牌亮彩，千家争购贺春新
　　　　——范全文

电器创名牌，更新换代如珠美
商城争信誉，务实求真似玉纯
　　　　——仲伟凡

电脑店

鼠标点击图文茂
电键搜寻信息通
　　　　——柴　逸

满脑尽装天下事
一盘点击世间奇
　　　　——陆琪灿

拓展时空，程序编排看世界
联通古今，鼠标跳动露玄机
　　　　——潘文杰

指敲键动，转瞬即察寰宇事
光闪标移，须臾可览世间情
　　　　——李泓禧

手机店

一机在手天涯近
两地谈心顷刻间
　　　　——袁朝领

八方信息举机晓
万里财源弹指来
　　　　——叶良方

从此谈心有捷径
何须握手始言欢
　　　　——郑礼敏

绵绵短信招人喜
款款新机动客心
　　　　——陈景章

海外亲人，随时通话
天涯游子，即刻谈心
　　　　——祖袭尧

一机在手，世界风云皆掌握
万事关心，财经信息系胸怀
　　　　——叶良方

花木盆景店

观花听鸟语
对竹品茶香
　　　　——王天性

听鸟观鱼堪养性
栽花育草总关情
　　　　——王天性

万紫千红工点缀
春桃秋菊费平章

盆小纳山川灵气
景奇聚日月精华
　　　　——刘忠信

万紫千红花似锦
五颜六色景如春
　　　　——叶逢荣

姹紫嫣红春错落
姣枝艳蕾玉参差
　　　　——周渊龙

扑鼻香味精神爽
夺目鲜艳蜂蝶来
　　　　——翁月卿

红红绿绿，一年皆秀
袅袅婷婷，四季如春

朵朵鲜花融爱意
张张绿叶蕴亲情
　　　　——陈景章

草列千珍，弘扬园艺
花开四季，装点人生
　　　　——王天性

花香鸟语春常驻
鱼跃虫欢业永兴
　　　　——陈景章

竹器店

虚心成大器
劲节见奇才

风雅宜人，亦标劲节
和平应世，定解虚心

刮磨精光君子器
疏通致用雅人风
　　　——刘继相

木器店

佳木由来堪作器
良工自古不遗材

点缀新居，满堂春色
装成家具，一室霞光

厚薄短长，量材使用
参差重叠，积货充盈

雕刻成纹，材殊榫栎
琢磨为器，品重檀梨

家具店

巧匠能工施绝技
名牌精品领新潮
　　　——刘万城

满目琳琅，纷陈特色
连编珠玉，迭出新姿
　　　——徐泽先

古香古色欣仿古
新形新款爱时新
　　　——叶逢荣

深山良木，精工成上品
旷世名师，巧手饰新潮
　　　——李　逵

式样时髦，中西家具符客意
色泽明艳，南北品牌称君心
　　　　——李学文

能工施睿智，制箱造柜财源广
巧匠费神思，刻凤雕龙生意隆
　　　　——粟　坚

精益求精，规轨准绳精货品
好中挑好，圆方平直好家私
　　　　——王文俊

灯具店

一瓣氤氲炉中热
九天馥郁云外飘

不借膏焚，光生四壁
宛如月朗，照澈通衢

千乘宝车珠箔卷
万条银烛碧纱笼

闪烁金光，一旋机括
玲珑玉照，普放光明

光耀九天能夺月
辉腾一室胜悬珠

焰吐金莲，光摇霞影
花开银粟，彩彻星衢

华灯光耀如明月
彩管辉煌胜艳阳
　　　　——叶逢荣

烁若繁星，集千人视线
明如皎日，放万丈光明

小小晶球，点燃万家灯火
支支虹管，放出满室光明

灯火为山川添色
霓虹与日月增辉
　　　　——曹树汉

烟花爆竹店

发于声如雷如电
其为气至大至刚

金花万朵催民富
响炮千声壮国威
　　　——钟宝明

截来淇上平安竹
开到人间顷刻花

礼花竞放，但为五洲添异彩
爆竹齐鸣，尽朝百业报佳音
　　　——赵义柏

爆竹如雷，震响九霄传盛韵
烟花似锦，宏开七色展琼姿
　　　——姚　忠

炮响千声，大地变成花世界
目迷五色，人间幻出锦乾坤

焰火升空，花雨缤纷天灿烂
金龙起舞，珠光闪亮夜辉煌
　　　——钟宝玥

匠心造就，红黄紫蓝，
　五彩缤纷燃曙色
巧手琢成，噼里啪啦，
　八音激荡奏凯歌
　　　——袁昌鹄

化妆品店

雪花资润泽
香水溢芬芳

淡浓随意著
深浅入时新

蝶粉香迷白
燕脂色润红

百美图中资润色
众香国里试催妆

桃李春风花有韵
芝兰香气玉无瑕

淡描轻画添姿色
浓妆艳抹出丽人

晶瓶香滴黄金露
粉盾真涂白玉霜

蝴蝶恋香，庄生入梦
凤鸾对舞，天仙化人

肤滑脂凝，水流香腻
光分月白，色映妆红

九畹兰馨，美人呈秀质
三春日暖，天使展华姿
————王广华

蝶粉迷香，栩栩入梦
燕脂润色，飘飘欲仙

农资店

化学合成氮磷钾
肥源分送镇乡村
————白启寰

细植精培，育成良种施农户
精耕细作，装满高仓富国家
————夏世峰

科学种田，勤奋家家富
政策落实，争先处处新
————张希彦

谋畎亩粮丰，宜植优良品种
为农家岁稔，专销上等化肥
————韦业猷

为增产，种子优良堪第一
要消灾，农药质量是当先
————李承华

建材店

建材闪烁霓虹美
市场繁荣岁月新
————孙德孚

美轮美奂兴大业
华堂华厦赖良材
————周渊龙

高科涂料,透染全新生活
长效性能,精装至美空间
————赵义柏

彩釉瓷砖,铺出人间锦绣
春风笑脸,迎来生意兴隆
————王文俊

广厦千间,处处高楼平地起
建材万种,源源好货适时来
————余远鉴

油漆店

一心刷就千家锦
双手漆出七彩霞
————郭俊杰

开间五颜六色店
迎接四面八方宾
————方郡雄

金碧丹青资色泽
门阁槛桶焕光华

色配丹青,辉腾金碧
恩施膏泽,彩焕云霞

绘碧心思,精描璀璨
饰漆手段,巧制玲珑

玻璃店

乍来清净地
如履水晶宫

玉洁冰清琼蕊阁
珠明璧绿水晶宫

秋水为神,纤尘不染
寒冰作骨,皓月同明

珠玉腾辉,琉璃焕彩
天中皓月,海外明星

装潢装饰店

秀雅房间凭巧饰
堂皇铺面靠精装

金粉银装,五光十色辉华宅
匠心妙手,百态千姿灿靓居
　　　　　——张夜虹

装潢铺面欣来客
修饰居家乐主人

美构溢彩,胜过瑶台频焕彩
华厦增光,惊出桂殿更辉煌
　　　　　——张夜虹

价实货真,生意兴隆凭信誉
屋华室雅,住居舒适靠装潢
　　　　　——王治华

装修生活,高科材料任君选取
美化厅堂,上等技能随世赏评
　　　　　——赵义柏

创意多方,革旧鼎新开格局
整容有术,施朱敷翠换门庭
　　　　　——李五湖

车 行

九天龙种凭驱遣
万里鹏程任纵横
　　　　　——刘太品

东风送迅轮,畅通佳境
春蕊催雄志,直奔小康
　　　　　——林　曲

轮驰万里鲲鹏志
盘定一方锦绣程
　　　　　——宋正文

缩地腾云,海角三时到
追风逐电,天涯一日还
　　　　　——祖袭尧

254

纺织品店

华章凭裁剪
云霞任卷舒

紫白红黄皆悦目
麻棉毛葛总因时

经纶有绪原同锦
衣被群生总赖棉

暑注寒来，功用兼备
棉温葛软，表里咸宜

经纶事业由心底
锦绣文章在掌中

丝绸棉麻昵，品牌多样
青紫蓝白黑，花色齐全
——刘剑光

原同君子经纶业
特著苍生衣被功

掌握千丝，织就中天美锦
胸罗万象，绣成上苑奇葩

窗帘店

晶纹摇素月
竹影动清风

雨卷珍珠璇阁晓
风开斑竹画堂春

万里横陈银世界
一尘不染水晶宫

映砌斜流波影皱
当窗横织雨丝长

月明楼上珍珠卷
风袅帘前翡翠垂

绣户远笼春色重
玉楼高挂曙光分

玩具店

巧匠心中生妙态
小儿眼里得迷情
————徐龙保

精心拼出七巧板
妙手解开九连环

博得儿童,大家欢喜
造成物具,小巧玲珑

形仿卡通,制成器玩千家爱
技涵声电,按动机关百趣生
————魏家魁

乐器店

白雪阳春融两岸
高山流水和千山
————吴柏若

琴唱瑟和留古调
客来商注尽知音

流水高山,会心不远
阳春白雪,和曲其谁

盛世和鸣,九韶并奏
钧天雅乐,八音和谐

服装店

云织天宫锦
霓裁月姊裳

巧呈千般锦
装扮万家春

云锦托出一轮月
时装拥来万朵花

中西内外千款美
春夏秋冬四时新
————刘天渠

中西盛服由君选
老少时装任尔挑
————黄汉如

西服衬丰姿，时代新潮呈国色
中装显韵采，英髦俊彩足风流
————李学文

倩影扮装多俊俏
青春焕发更娇娆
————叶逢荣

鞋　店

劝君行实地
助你步青云
————吴柏若

借此可登云步月
任君尽涉水攀山
————李其光

步月凌波去
登堂入室来

站稳脚跟行正道
迈开步履奋康衢
————胡之锦

一生惯踏不平路
双履敢登最险峰
————胡之锦

随君越险攀峰去
伴我寻幽览胜来
————陈华峰

品类齐全何削足
步行舒适自生风
————程经华

锦绣前程宜奋进
光明大道任奔驰
————胡之锦

洛水出时尘不染
花蹊踏处履凝香

桥边堕去留侯取
天半飞来邺令归

走康庄路，程程焕彩
穿舒适鞋，步步登高
————陈景章

洛水凌波，一尘不染　　　踵事增华，务求实践
瀛州就日，三级平升　　　履绥纳福，不尚虚声

踵纳香尘，踏花归去　　　前程远大，脚跟须站稳
履行芳径，步月来游　　　工作浩繁，步骤要分清

便利店

罗列珍奇供日用　　　产品新鲜，香甜有味
流通货物注财源　　　价钱公道，老少无欺

欲人家用时时足　　　酸甜苦辣咸，浮香千户
遂我财源日日通　　　油盐辣醋茶，情牵万家

不时之需，取携甚便　　　油盐杂货，物美价廉包满意
凡物皆备，价值无欺　　　糕点糖果，味甜质好定称心

粮油店

谷乃国之宝　　　欲把名声充宇内
民以食为天　　　先将膏泽布人间

诚信经营生意好　　　粮食丰盈缘岁稔
精粗搭配健康多　　　店堂红火裕民生
　　　——黄汉如　　　　　　——胡之锦

民以食为天，粮丰民健
国唯农是本，物阜国强

肉食店

斤两不失一刀准
肥瘦可匀千客夸

比德呼名，珍禽广备
登盘入馔，佳品咸罗

燕市高歌豪杰士
屠门大嚼建安才

铢两能均，陈平割肉
方寸不失，韩子鼓刀

海鲜店

奇珍来海国
异味备天厨

蟹肥虾活供筵席
螺爽鳞鲜佐酒杯
——曾圣任

南北东西千客乐
鱼鳖虾蟹四时鲜
——管殿生

活泼鱼蟹，健身美味
生猛海鲜，待客佳肴
——陈景章

水果店

王母频夸桃李艳
瑶池难比店堂新
——孙德孚

月中采得吴郎桂
天上分来王母桃

交梨火枣仙家品
雪藕冰桃世上珍

绿枯红柑，奇香可挹
鸭梨大枣，仙品同珍

蔬菜店

翠盈菜店市添彩
香沁瓜摊气醉人
——夏世峰

四季新鲜，带露开畦剪葱韭
百蔬硕嫩，乘曦绕圃挑豆瓜
——方　春

豆菜瓜茄，红黄白绿般般好
鸡鹅果蛋，春夏秋冬样样鲜
——汪从周

嫩蔬呈彩，红黄紫绿时时好
鲜果飘香，春夏秋冬日日新
——周康杰

豆腐坊

瓦缶澄来银有影
金刀割处玉无瑕

味超玉液琼浆外
巧在燃箕煮豆中

滔滔玉液磨方出
块块银砖挤乃成
　　　——吴柏若

洁白如银，晶晶体态
嫩鲜似笋，落落情怀
　　　——程亚杕

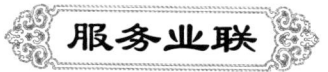

服务业联

宾馆旅店

未晚先投宿
鸡鸣早看天

萧斋特下高人榻
大道频来长者车

进门俱是客
到此即为家

中彦西英，望门投止
南来北往，扫榻相迎

相逢皆萍水
小住息风尘

同人于门，群贤毕至
适子之馆，吉事有祥

乡梦不随春夜永
客思偏向雨声多

宾至如归，少安毋躁
客来不速，小住为佳

今晚栖身留燕寓
明朝展翼赴鹏程

玉宇琼楼，送迎春夏秋冬客
锦衾绣被，温暖东西南北人

风尘小住计亦得
萍水相逢缘最奇

随地可安身，莫讶乾坤为逆旅
当前堪适意，且邀风月做良朋

酒店酒楼

世间无此酒
天下有名楼

共对一樽酒
相看万里云

杯中倾竹叶
人面笑桃花

店好千家颂
坛开十里香

座上客常满
杯中酒不空

酒筵五湖客
楼傍九霄云

楼小乾坤大
酒香顾客多

铁汉三杯软脚
金刚一盏摇头

三杯足壮英雄胆
一盏能清雅士心
——蒋焕文

三春曙色迎佳客
一片冰心在玉壶

画栋前归杨柳岸
青帘高挂杏花村

沽酒客来风亦醉
卖花人去路还香

莼羹鲈脍多风味
竹叶梨花送酒香

银丝细借吴刀切
玉液香先洛酒淘

饮千樽美酒，嘉宾满座
食四海珍肴，贵客欢心

太白酒楼，喜见朝朝多醉客
碧霞餐馆，欣逢日日有嘉宾

竹叶杯中，万里溪山闲送绿
杏花村里，一帘风月独飘香

高朋满座，虎啸龙吟诗千首
嘉宾咸集，客注人来酒数盅

座雅窗明，盛意喜迎千里客
佳肴酒美，竭诚温暖万人心

酒醉十里，招客举杯邀明月
饭香一堂，引人挥箸唱春风

清樽万斛醉刘伶，垂名百世
明月一轮邀李白，对影三人
　　　　　——康在彬

旗飞白云，云里闻香仙下店
笑满春风，风中买醉客登堂
　　　　　——宋承焜

买醉多青衫，沽酒常来李太白
添香有红袖，当垆仍是卓文君
　　　　　——赵孟俊

煮酒论英雄，量今酌古情何限
持杯抒慷慨，醉月飞觞梦有痕
　　　　　——周渊龙

酒增诗客清狂，李白花间邀月饮
杯惹雅人深致，陶潜篱下对山吟
　　　　　——赵孟俊

饭店餐馆

一枕黄粱熟
三餐白粲香

闻香须止步
知味且停车

烹煮三鲜美
调和五味香

一片真情迎百客
三杯美酒醉八仙

五味烹调香千里
三鲜蒸炸乐万家

甘旨味惊云外客
流霞香染月中泉
　　　　　——赵金光

且饮乡间新酿酒
莫笑田家老瓦盆
　　　　　——周渊龙

汉三杰闻香下马
周八士知味停车

肉丝虾面鲜而美
烧饼点心酥又香
　　　　　——胡之锦

饭熟菜香春满座
窗明几净客如云

美味招来云外客
香气引出洞中仙

花样新蒸，煮炸皆好
质量优色，香味俱佳

百款烹鲜，回味无穷堪品赏
一心待客，热情不尽足流连
　　　　　——李求真

顾客盈门，酒美菜香诚作本
宾朋满座，情真意切信当头
　　　　　——段志英

倚柱摩天，阆苑蟾宫辉北斗
乘风抚掌，玉屏石室醉东坡
　　　　　——常　江

座无虚席，人流恰似春潮涌
案有奇珍，色泽如同锦绣堆

烹术高超，清香醉倒三江客
鲈羹纯净，美味迎来四季春
　　　　　——萧锡义

案板响当当，功夫怎样无须问
炉膛红火火，生意如何不用吹
　　　　　——黄　钟

火锅店

火上燃情新岁月
锅中品味大文章
　　　　　——萧树思

一锅涮尽陆空海
三盏醺迷你我他
　　　　　——侯玉章

会友邀朋麻辣烫
燃情品味海陆空
　　　　　——周康杰

火火红红，人兴财旺
锅锅辣辣，味美情殷
　　　　　——邹涌运

调配奇香远，初闻不信
煎熬特色浓，一啖方知
　　　　　——辛　华

拉面馆

　　一线龙盘红绿盖
　　千家海口白清汤
　　　　——李庆松

　　拉出情丝千万缕
　　引来食客万千人
　　　　——刘赓贵

　　白璧百拉，成千丝玉线
　　面条一碗，敬万里嘉宾
　　　　——陈玉华

　　手有绝活，拉面何须拉客
　　心无旁骛，闻香更是闻名
　　　　——程　鸿

　　拉成细面如丝，丝丝入口
　　切得肥牛成片，片片飘香
　　　　——胡承鸿

饺子馆

　　品味常来欣赏
　　做人贵在包容
　　　　——王庆新

　　诚信为皮仁作馅
　　春风调味馆凝香

　　满腹经纶藏美味
　　出身水火溢奇香

酒　吧

　　酒坊邀雅客
　　歌馆谢知音
　　　　——钟宝明

　　鸡尾香槟，享受西洋清冽
　　茅台古井，品尝中土甘醇
　　　　——黄　钟

盛意洗风尘，美酒三杯酣夜梦
琼楼溶月色，轻歌一曲解乡愁
　　　　　——万中伟

茶馆茶楼（茶叶店）

飞羽觞醉月
品佳茗清心

玉盏霞生液
金瓯雪泛花

扬子江中水
蒙山顶上茶

名山采雀舌
雅室煮龙团

春共山中采
香宜竹里煎

俗虑一时净
清风两腋生

客至心常热
人走茶不凉

捧杯邀明月
煮茗洗俗肠
　　　——赵金光

清泉烹雀舌
活水煮龙团

一壶春色香而艳
万里友情笃且真
　　　　——陈华峰

一鼎茶烟香醉客
十分春色绿盈杯
　　　　——孙　起

一碗香茶当美酒
四方贵客似亲人
　　　　——康在彬

九曲夷山采雀舌
一溪活水煮毛尖

三月莺歌唱淑景
四时香茗醉诗人
　　　　——蓝佐国

行业对联

瓦壶水沸邀请客
茗碗香腾遣睡魔

六如空相生香色
七碗清风饮太和
　　　　——刘太品

为品清香频入座
欢同知己细谈心

沏茶须用梅花雪
会友当来竹叶风
　　　　——施子江

陆羽闲情常品茗
元龙豪气快登楼

花间渴思相如露
竹下闲参陆羽经

杯中茶色皆春色
口里清香胜酒香
　　　　——韩崇文

南峰紫笋来仙品
北宛春芽快客谈

泉香好解相如渴
火候闲评坡老诗

莫道迷人唯美酒
须知醉客有香茶
　　　　——李求真

雀舌未经三月雨
龙团先占一枝春

清茶漫饮清思发
好友频临好梦圆
　　　　——陈华峰

落座便成三岛客
舒心细品一壶香
　　　　——王天性

紫罐白瓯流古韵
金英绿片溢奇香
　　　　——张夜虹

滋味美似花上露
清凉净如石中泉

瑞草抽芽分雀舌
名花采蕊结龙团

满盏香茶迎贵客
一片冰心在玉壶
　　　　——蓝佐国

碧玉香分花上露
乌龙水吸石边泉
　　　　——苏自宽

翠叶烟腾冰碗碧
绿芽光照玉瓯青

一碗茶清，杯心得月
半窗风袅，雪蕊浮香
　　　　——李五湖

金瓯腾雾中，清神纳福
翠叶飘香处，解愠和人
　　　　——杨曦光

采向雨前，烹宜竹里
经翻陆羽，歌记卢仝

满座香萦，酽沏名茶神自醉
高朋雅聚，鲜尝极品性堪怡
　　　　——胡之锦

茗碗凝香，清遣岁月
高朋满座，畅谈古今

半榻梦刚回，活火初煎新涧水
一帘春欲暮，茶烟漫卷落花风

客喜登楼，携云入座
茶偏招月，穿阃投壶
　　　　——李五湖

品陆羽三经，雪瀹一壶招雅客
啜卢仝七碗，风生两腋激豪情
　　　　——胡之锦

洗　浴

一池清水洗洁体
满面春风展笑容

振衣弹冠遗老语
澡身浴德大儒风

万缕雨丝增爽意
一泓温水洗凝脂

晓日芙蓉新出水
春风豆蔻暖生香

到此皆洁己之士
相对乃忘形之交

露挹蒹葭怀秋水
风薰豆蔻试温泉

荡漾香汤和气脉
淋漓津汗长精神

池洁水清，洗搓舒服人心暖
床明褥净，休歇安然体态轻
　　　　——张养浩

温馨自含情，由君洗心涤虑
泉流原不竭，待我浴德澡身
　　　　　——周渊龙

美容美发店

就我生春色
逢人作好容

虽然毫末技艺
却是顶上功夫

大事业从头做起
好消息自耳得来

不教白发催人老
更喜春风满面生

手中绝技凭施展
头上乌云任卷舒
　　　　——黄汉如

风吹秀发层层浪
气烫彩云卷卷波
　　　　——陈景章

动刀不觉容颜改
对镜才知面貌新

压花卷浪随人意
齐额披肩任客挑

到来尽是弹冠客
此去应无搔首人

致力面前新事业
醉心顶上硬功夫
　　　　——李求真

俯首甘为毫末业
立足就显绝顶功

舒心岁月从头起
锦绣前程迎面来
　　　　——周文举

新事业从头做起
旧容颜一手推平

操天下头等事业
做人间顶上功夫

发式创新,头头是道　　　　顶上春光,凭君从头开拓
容光焕发,面面皆春　　　　高超艺术,看我信手拈来

刮垢磨光,功夫细致　　　　磨砺以须,问天下头颅几许
修容剪烫,技艺高超　　　　及锋而试,看老夫手段如何

足疗店

疗足一身爽　　　　　　　　足通经络,此间呵护
泡脚百病消　　　　　　　　疗治身心,阁下珍惜
　　　——陈景章　　　　　　　　　——陈景章

按压三关抒气血　　　　　　煮药香满衣,且看顶尖技术
摩通六脉壮精神　　　　　　掬水月在手,诚祝足下安康
　　　——李第兰　　　　　　　　　——周渊龙

照相馆(影楼)

悟得幻中幻　　　　　　　　人生最幸满家福
现来身外身　　　　　　　　玉影总关一世情

摄将真影去　　　　　　　　个个镜头凝情谊
幻出化身来　　　　　　　　张张笑脸带春风

风姿衬出江山美　　　　　　　倩影留真犹本色
光彩借来日月辉　　　　　　　芳姿焕彩益增辉
　　　　——康永恒　　　　　　　　　——白启寰

还我庐山真面目　　　　　　　留得本来真面目
爱他秋水旧丰神　　　　　　　映成绝世好风姿

时光冉冉春永驻　　　　　　　佳照传神，亦庄亦谐
风度翩翩笑长存　　　　　　　芳容写真，惟妙惟肖

披上婚纱圆美梦　　　　　　　彤红吉服，良缘呈喜庆
摄留美照纪佳期　　　　　　　洁白婚纱，爱侣见清纯
　　　　——黄汉如　　　　　　　　　——陈更新

美化生活多快乐　　　　　　　一代风流，倩影英姿皆入品
留住青春永年轻　　　　　　　九州生气，春兰夏菊尽含芳

洗衣房

五色云霞渲作艳　　　　　　　荡垢涤瑕，还我清白
三江锦浪濯来鲜　　　　　　　刷新换旧，焕乎文章

五色文章显绮丽　　　　　　　洗刷一新，电机熨帖
千般锦绣益鲜明　　　　　　　焕成五色，云锦鲜明

欲涛春花明锦绣
先从晓日焕丝纶

缝纫店

身上新衣添美态
手中快剪似春风

愿将天上云霞服
换作人间锦绣衣

巧手剪开千尺布
精心缝得万家衣

织柳缝裳，穿针引线
采兰纫佩，转轴旋机

男添庄重女增俏
夏透风凉冬御寒

量体裁衣，匠心别具
穿针引线，妙手常新

金针度处功夫密
铁剪裁来体制新

蜀锦湖绫，剪裁入妙
吴绵寰布，熨帖皆宜

金剪裁成丹凤舞
银针引出彩鸾飞

燕剪裁来，敢夸手技
鸳针度处，别出心裁

敢谓金针能度世
漫夸玉尺可量才

弹花店

聚来千亩雪
贮得一畦云

好向人间听轧轧
愿从世界说花花

三尺冰弦弹夜月
一天飞絮舞春风

弹来白絮皆成朵
衣遍苍生是此花

装裱店

丹青古美留真迹
翰墨因缘壮大观

点缀烟云邱氏锦
装潢书画米家船

宋锦吴绫工绚饰
六书三篆善装潢

玉轴纵横，观者止也
锦装什袭，表而出之

法书名画搜罗富
宋锦吴绫采饰新

术擅装潢，如春之丽
技工绚饰，与岁诸新

打字复印店

开机瞬息，分身有术
按键须臾，出字成文
——陈更新

镂云裁月，图文并茂
经天纬地，绘印俱佳
——韩崇文

现代办公，一流帮手
图文打印，百个称心
——陈景章

电脑神奇，打出华文如锦绣
微机巧妙，刷成彩画胜丹青
——韦业猷

婚姻介绍所

牛郎织女喜相会
月老红娘乐搭桥
——魏明德

红娘巧配连心锁
婚介妙铺友谊桥
——陈景章

婚结良缘，乐牵红线
姻成佳偶，甘搭鹊桥
　　　　——梁绍新

月老有心，八方情侣两厢会
红娘再世，千里姻缘一线牵
　　　　——周兆浦

职业介绍所

求职无门找我
谋生有路凭才
　　　　——和西典

志在四方，人才荟萃风云聚
情驰千里，骏业纵横气色添
　　　　——周兆浦

资讯纷繁，看清条件
自身轻重，把定准星
　　　　——严立青

到此有缘，奇巧机遇莫放手
祝君好运，向阳花木早逢春
　　　　——周渊龙

家政服务

但使千门喜
何妨一户忙
　　　　——常　江

事无巨细全包揽
家有艰辛总代劳
　　　　——林振强

一户奔波千家暖
九门安定百业兴
　　　　——常　江

计时服务，包君满意
随处效劳，做事称心
　　　　——赵义柏

快递公司

九州万里递春色
十色五光到没家
　　　　——石　青

千户芳音谁快递
四方重担我轻挑
　　　　——兰梦宁

电掣风驰千里马
山重水复万方情
　　　　——王庆新

通达顺畅，安全快速
送递及时，便利生活
　　　　——高　立

八百里加急，急中生智
万千家饮誉，誉内流金

工矿企业联

钢铁厂

炉火丹心映旭日
桃花人面笑春风

心花怒放，钢花飞舞
汗水挥淋，铁水奔流

炉火熊熊，钢花飞舞
红光闪闪，铁水奔流

力战高温，热汗溶成金瀑布
面迎烈火，雄心造就好钢材

炼钢炉前，钢花与心花齐放
出铁槽内，铁水共汗水同流

冶炼厂

一派薪传资煅炼
十分火候见精纯

团沙成形,范金合土
铸鼎象物,铭钟褒功

团捏泥沙堪作范
消融炉火自成型

如金斯熔,敛才就范
炉锤在手,规矩从心

阴阳炭炽陶熔广
天地炉开造就多

唯精诚所感,能开金石
兴山泽之利,以致富强

一派薪传,光焰不息
十分火候,功夫纯青

煤　矿

煤海喜报报春早
矿山凯歌歌日新

创业煤山,矿内乌金真宝藏
扬名华夏,心中热土好风光
　　　　　——谢涵仁

战鼓催春,煤海春潮浃
机声报喜,矿山喜讯传
　　　　　——甘学文

挖地穿山,千重艰险由它设
采煤送炭,一路平安任我行
　　　　　——张贵祥

石　油

井架刺天，石油如水涌
钻机穿地，煤炭似山堆
　　　　——黄文学

唤醒油田，冲破荒原沙漠
匿身管道，贯通上海天山
　　　　——张殿志

井架朝天，直破白云疏玉液
钻机入地，倒穿黄土滚乌龙
　　　　——宋承焜

春风惠八方，石油如潮供世界
化雨滋万物，钻塔似笋入云天
　　　　——聂正光

砖瓦厂

百炼千锤磨铁骨
小材大用砌高楼
　　　　——李求真

砌柱筑墙兴大厦
添砖加瓦建华楼
　　　　——叶逢荣

如琢如磨，砌成碧玉
绘香绘色，辉映丹墀

片片红砖，拔地入云泥变玉
鳞鳞碧瓦，凌空耀彩土成金
　　　　——夏世峰

石料场

嶙峋成大器
磊落有良工

自以灵心施砥砺
应教顽石作琳琅

凿石不须力士力　　　　　　娲皇炼来，天亦可补
移山颇类愚公愚　　　　　　愚公移处，山为之开

木料场

以外岂无桢干品　　　　　　大匠搜求，取材宏富
此中大有栋梁材　　　　　　良工斩削，定价公平

选择良材支大厦　　　　　　松柏多材，支持大厦
振兴伟业在名山　　　　　　栋梁精选，游息名山

造纸厂

云绕风回飘玉练　　　　　　品重三都，硬黄匀碧
乾翻坤转滚银球　　　　　　巧传十样，剪翠裁红
　　　　——易先知

　　　　　　　　　　　　　洁白无瑕，出身早向清池浴
毛布频传浆现影　　　　　　文章有价，立品先从玉笋班
烘缸屡卷纸成形
　　　　——姚　忠

建筑公司

广厦连云立　　　　　　　　华庭千古秀
春风送暖来　　　　　　　　广厦四时新

行业对联

高楼手中起
重任肩上挑

建成大厦高华宅
留予后人久远居

建筑崇高成伟业
规模宏大仗良师

顿看平地楼台起
忽送高峰紫翠来

高楼万丈平地起
大厦千间手中兴

喜建华堂频焕彩
乐兴大厦屡腾辉

凝成似铁如钢志
擎起摘星揽月楼
　　　——陈华峰

幢幢新楼含瑞气
翩翩明窗纳春光

金碧辉煌,藻文富丽
香木雕筑,花样新奇

经之营之,大启尔宇
轮矣奂矣,聿观厥成

筑厦建楼,为民造福
添砖加瓦,与国增辉

以夜继日,笑洒热汗千滴
沐雨栉风,喜建广厦万间

加瓦添砖,万丈高楼平地起
励精图治,千秋大业满城兴
　　　——段志英

建屋造楼,万丈皆从平地起
明窗净几,一心只向上游争
　　　——吴亚卿

磐石奠基,百丈高楼平地起
镶金嵌玉,千间大厦接云齐
　　　——胡之锦

纺织厂

丝纶常执掌　　　　　　　　　万国山川，但成锦绣
经纬自分明　　　　　　　　　四时花草，织就文章

运机资手巧　　　　　　　　　万缕千丝，宛如神力
转轴见心灵　　　　　　　　　五颜六色，尽在化工

聚来千亩雪　　　　　　　　　日彩月华，文成五色
纺出万机云　　　　　　　　　云罗霞绮，锦致七襄

金梭织就千重锦　　　　　　　机杼从心，分条析缕
巧手绣成万朵花　　　　　　　经纶展志，通商惠工

金缕机中抛锦字　　　　　　　织纬组经，功夫细腻
银花廊下映竹栏　　　　　　　冬棉夏葛，花样新奇

胸中常贮七襄锦　　　　　　　美富文章，云蒸霞蔚
手里时藏四季花　　　　　　　经纶事业，锦簇花团

掌握经纶兴事业　　　　　　　艳夺鲛绡，经纶事业
织成黼黻焕文章　　　　　　　华翔凤彩，锦绣文章

服装厂

巧手一剪裁锦绣　　　　　　　妙手巧裁千户锦
飞针千家布春图　　　　　　　新装喜称万人心

好将妙手夸针巧
漫把春光细剪裁

金剪裁成新世界
银针缝就锦乾坤

玉剪巧手,百裁百样
金针妙技,千式千装

玉尺量才,裁天章云锦
金针度巧,制月殿霓裳
　　　　　　——周渊龙

手巧心灵,剪裁万端云锦
针飞线走,缝制千种衣裳

量体以裁,长袖短襟皆适度
因时而异,浓妆淡色总相宜

酒　厂

一壶藏秀色
五谷酿醇香
　　——李周宣

佳醅销万里
名士醉三秋
　　——许谋成

土窖珍醪香淡雅
天泉玉液味纯真
　　——李周宣

宏愿尝思酿沧海
佳节正可醉黎元
　　——刘太品

酒伴春风香万里
厂逢盛世纳千祥
　　——时　杰

地道蒸馏,谨遵古训
天工酿造,独占春风
　　——李周宣

印刷厂

印出新文歌盛世
刷成锦翰赞华章

笔底能描千样彩
机中可绽万般花

印成今古千秋业
刷出江山万里图

心机相印,奇文赏鉴
精神振刷,大雅扶轮

化肥农药厂

多销氮磷钾
催长麦稻粱
——许谋成

世上百灵人为贵
田间五谷肥当家
——刘建平

化雨春风兴万象
肥源神效富三农
——杜正尧

除害杀虫功力大
催花增果效能高
——符景兰

农林牧渔联

农 业

棚内菇瓜旺
田间稻谷香
——姚 忠

万朵彩霞呈瑞气
一园硕果沐东风

行业对联

千重稻海翻金浪
万座棉山发宝光

门前千顷豆麦绿
屋后十里桃花红

风吹稻麦舞金浪
日照棉麻闪银光

丰收稻麦田家乐
盛产棉麻画栋多
————黄祖光

网上觅来新信息
棚中做出大文章
————胡　浩

村后牛羊肥且壮
房前瓜果大而丰
————姚　忠

沃土大棚农展翅
繁花硕果富生根
————谢根藏

鱼肥鸭壮猪盈圈
稻稔棉丰果满园
————黄汉如

春播农家胸浩荡
秋呈金谷地辉煌
————娄义钊

笑种田间千顷玉
喜收原上万车金
————郑　恢

遍山粮果千里秀
满架瓜豆一院香

遍地黄金垂熟穗
满山绿树尽良材

粮丰果硕牛羊壮
水秀山清景象新
————黄汉如

缲成白雪桑重绿
割尽黄云稻正青

稻田一片黄金浪
棉地千层白玉花

燕剪细裁陌上锦
秧针精绣雨中花

繁花硕果家山好
沃野平畴稻菽香
————童双清

日色融融，田畴滴翠
春光灿灿，庭院飞红
————陈华峰

日丽风和，棚中果秀
人勤春早，院里花香

花果飘香，桑麻挺秀
牛羊肥壮，稻麦丰登

闹春耕，十分汗水十分获
抢农时，一寸光阴一寸金

大富村中，玉树花开兴特色
小康路上，金樽酒满醉春风
　　　　　——张贵祥

山欢水笑，乡村处处农家乐
果硕粮丰，华夏年年国运昌
　　　　　——娄义钊

好戏连台，喜看稻菽千重浪
高朋满座，福到寻常百姓家
　　　　　——方　予

科学种田，谷似金山棉似海
勤劳致富，车如流水马如龙

湖波荡荡，茶果千山香不断
渠水粼粼，田园万顷绿无边
　　　　　——陈华峰

有山皆披彩，满山花果满山笑
天地不生财，遍地金银遍地歌

农村大丰收，粮似金山棉似海
乡间新建设，车如流水马如龙

致富好时机，屯田聚宝风苏柳
扶贫新举措，放水养鱼雨润花
　　　　　——万中伟

湾水秀千层，肥鱼壮鸭知春暖
山风香四野，嫩韭鲜瓜令客酣
　　　　　——张志玉

嫩菜着时装，棚棚富庶人心暖
鲜菇打银伞，架架盛情冬夏浓
　　　　　——张志玉

春雨秋风，看大好河山都成锦绣
粮山棉海，算无边景物尽占芳菲

林　业

遍山松柏树
满园桃李花

山山植树山山秀
处处营林处处春
　　　　　——梁定源

甘霖润绿千村树
旭日映红万姓心

春林明媚李桃绽
芬围清幽莺燕飞

给大地增添绿意
让人间充满生机
　　——程经华

绿屏碧嶂遮风砾
林海雪原育栋梁

保护芳林，有花有果
栽培大木，成梓成楠
　　——许谋成

绿满林区，千山滴翠
春临茶场，万里飘香

植树造林，山添秀色
开渠兴堰，水泛碧波

栽树即栽金，金殷家国
造林诚造福，福惠子孙
　　——杨　怀

种草栽花，还与城乡一片绿
涤污除垢，好教山水四时新
　　——李学文

建绿色长城，林木参天新草茂
赏高原美景，春花遍野朔风清
　　——万中伟

畜　牧

牛羊游绿野
鹅鸭戏清波

日暖冰融春光美
鸡鸣鸭舞喜事多

牛马猪羊六畜旺
鱼虾莲藕一池香

牛羊并壮猪盈圈
鸡鸭成群鱼满塘

鸡唱鸭鸣争春早
水笑山欢报喜多

马壮牛肥，地生百宝
人勤春早，土出万金
　　——夏民安

藕白梨黄，橘红茶绿　　　　　圈养猪羊栅喂鸡，六畜兴旺
鲈鲜鲤嫩，鸭壮鸡肥　　　　　池放鱼蚌塘育藕，五谷丰登

春到禽舍，翔鸾舞凤鸡唱晓
日暖鱼池，跃龙腾蛟水扬波

渔 业

塘栽白莲藕　　　　　　　朝争潮汛歌满海
池养红鲤鱼　　　　　　　夕映归帆喜盈舱

白帆摇出东方日　　　　　碧海金波涌旭日
银网收回南海潮　　　　　春风银网耀朱鳞

桃花流水春取鳜　　　　　熙春渔港千帆集
枫叶空江晚卖鲈　　　　　出海云涛万网张

乘风破浪扬帆去　　　　　日照柳堤，莺飞芳草绿
金甲银鳞满舱归　　　　　春来花港，水暖鱼儿肥

渔船冲破千层浪　　　　　翠柳九行，喜迎白鹤栖渔户
银网拖来万担鱼　　　　　碧波千顷，笑送红鲤跃龙门

渔歌晓迎红日出
风帆暮载锦鳞归

多种经营

珍珠殖春水
莲藕栽绿涛

多种经营财路广
精耕细作产量高

山山绿岭金橘挂
水水银波红鲤肥

多植广种摇钱树
扩业增收聚宝盆

四季栽花香千里
三旬酿蜜甜万家

养猪养羊养鸡兔，门庭溢彩
种瓜种豆种桑麻，院宇生辉

多种经营多献宝
广开富路广招财

栽桑植柳种泡桐，青山常秀
摘果采菇收药材，翠岭生金

后记

  随着文化自信的回归和优秀传统文化的复兴，如何继绝学而开新学，如何古为今用，是很多有识之士正在思考的问题。对联虽为小道，亦可通古今之变，致时代之用，感谢出版过很多对联类图书的气象出版社再次萌生策划出版《古今实用对联集萃》一书的设想。

  由于主持编纂中国对联发展史上具有里程碑意义的《中国对联集成》以及自2001年起编纂年度《中国对联作品集》等工作，我手头积存下了二三十万副古代对联作品与上百万副当代对联作品资料，这为各类专项联书的编辑提供了十分丰富的史料支撑。2019年下半年，气象出版社邓川编辑联络到我，邀约我编撰《古今实用对联集萃》，因年底时间过于仓促，所以此书顺延进入出版社2020年度的立项。农历新年之后，新冠疫情席卷全国，亿万人被迫居家隔离数月之久，这意外的"因祸得闲"，使我"躲进小楼"，一鼓作气完成了这部书稿的编著任务。而静心于文字，也在一定程度上纾解了对于外部世界的焦虑。

  邓川编辑为本书编著工作提供了不少指导和帮助，从图书的规模品质，到选联的标准，都提出了建设性意见。特别是原定在各个分类前都有引言性质的介绍文字，在邓川编辑的建议下，合并为本书的第一章对联知识，这也促使我再次系统梳理当代对联研究的最新成果和最新理念，以最为简洁和科学的叙述方式，对对联概述、对联简史和对联格律进行了全面的介绍，从而也增强了本书的学术价值和可读性。在此由衷说声谢谢！

　　中国楹联学会对联文化研究院的多位当代对联研究专家和对联创作高手，为本书的编著和校对提供了帮助，刘开国先生参与了具体的分类排序工作，在此一并表示感谢。由于本人水平所限，书中难免会存在一些错讹失当之处，敬请广大读者批评教正。

中国楹联学会常务副会长兼学术委员会主任

2020 年 8 月